KB032987

강화학개론

빈형 게임 판타지 장편소설

WISHBOOKS FANTASY STORY

강화학개론 6

빈형 게임 판타지 장편소설

초판 1쇄 찍은 날 | 2017년 10월 24일
초판 1쇄 펴낸 날 | 2017년 10월 31일

지은이 | 빈형
펴낸이 | 예경원

기획 | 위시북스
편집책임 | 이규재
편집 | 이즈플러스

펴낸곳 | 예원북스
등록번호 | 제396-2012-000132호
등록일자 | 2012. 7. 25
KFN | 제1-169호

주소 | 경기도 고양시 일산동구 호수로 646-24 위너스21II빌딩 206A호 (우)10401
전화 | 031-819-9431 팩스 | 031-817-9432
E-mail | yewonbooks@naver.com

ISBN 979-11-6098-587-0 04810
      979-11-6098-321-0 (set)

강화학개론

빈형 게임 판타지 장편소설

WISHBOOKS FANTASY STORY

6

Wish
Books

강화학개론

CONTENTS

Episode 24.

얼마 줄래

1

"와."

"오셨어요, 자작님?"

황궁에 들어가 공주를 마주한 순간 한시민의 입에선 감탄이 가장 먼저 튀어나왔다.

저주가 풀린 뒤 공주의 본판은 예뻤다는 사실 정도야 알고 있었지만 이 정도일 줄이야!

'역시 여자는 화장인가.'

단연 화장 버프만은 아닌 듯했다.

윤기 나는 머릿결, 치렁치렁한 장신구 대신 단출한 머리핀 하나는 오히려 포인트를 주고 그 밑으로 걸친 한 장의 드레스는 남자로 하여금, 아니, 사람들로 하여금 시선을 절로 집중하게 만든다.

치장하고 뽐내길 좋아하는 귀족들의 특성을 생각해 보면 제국의, 대륙의 공주라는 사실이 믿기지 않을 정도로 검소한 차림이지만 한시민은 그에 속지 않았다.

'화장에다 돈까지. 거기에 인생 운빨좆망겜에서만 구할 수 있는 타고난 얼굴까지. 삼위일체를 갖추니 심장이 다 뛰네.'

드레스와 머리핀.

반짝이는 저 두 개의 물건의 가치가 얼마나 될까?

공주의 새하얀 팔다리와 잡티 하나 없는 피부를 보고 놀라면서 계산한다.

'머리핀 하나면 건물 하나 살 수 있지 않을까?'

어쩔 수 없는 본능임과 동시에 현실에 순응하는 자의 당연한 행동.

게다가 그는 황제를 가까이서 몇 번이고 봐왔지 않은가.

공주의 성년식이라고 직접 경매에 참여해 비싼 돈을 처발라 가며 15강 방어구를 사간 황제다. 거기에 그 어떤 제국의 행사보다 크고 화려하고 길게 여는 마당에 그녀가 입는 드레스와 머리핀에 가치를 낮게 잡는다?

돈이 얼마가 되었든 귀한 걸로 준비했을 것이다.

"와주셔서 감사해요."

그렇게 생각하니 유난히 공주가 예뻐 보인다.

이건 뭐 로또 잡은 수준이 아니잖아.

심장도 막 뛴다.

"별말씀을. 당연히 와야지. 우리 공주님 성년식인데."

그러다 보니 닭살 돋는 멘트도 막 나간다.

"으. 시민 오빠, 너무 간 거 아니야?"

"닥쳐."

사랑 앞에서 다른 사람의 시선 따위 뭐가 중요하랴!

환하게 웃는 공주의 손을 잡으며 걸음을 옮긴다.

"오늘따라 더 예쁘네?"

"⋯⋯."

데리고 온 세 노예에게 두었던 관심은 찾아볼 수 없는 현실!

처음 와본 황궁에서 버림받은 스페셜리스트가 어색하게 웃음을 흘렸다.

아직 황제를 만나지도 못했고 공주도 처음 봤지만 어떻게 그렇게 높은 등급의 NPC들과 엮이고 지금껏 지속되어 왔는지 지금의 상황만으로 알 수 있을 것만 같았다.

그리고 그를 토대로 확률을 조금 더 높게 잡았다. 어쩌면 정말 한시민은 그가 말한 대로 귀족 작위를 돈 받고 파는 어이없는 이야기를 현실로 만들어낼 수도 있으리라.

황제도 한껏 치장한 공주를 보자마자 입꼬리가 말려 올라갔다. 대륙의 폭군이기 이전에 딸을 위해 들도 보도 못한 모험가와 엮이는 일도 마다하지 않는 그가 보이는 아름다운 아버지의 모습!

"……와버렸군."

"와버렸군이라뇨. 사위 섭섭하게 너무 대놓고 싫어하시는 거 아닙니까?"

"싫다고 한 적은 없다만."

"표정에 다 쓰여 있거든요?"

하나 기쁨은 잠시였다. 공주의 손을 잡고 따라 들어오는 빤질거리는 얼굴을 보았으니.

"빨리도 왔군. 내일까지 오면 되는데."

"에이, 어떻게 그래요. 마음 같아선 여기 눌러앉고 싶은 걸 참고 있는데요."

"……."

"아! 소식은 들으셨죠? 저한테 이번에 까불던 놈 영지전으로 박살 낸 거."

게다가 속까지 긁는다.

옥좌에서 다리를 꼰 채 턱을 괴고 있던 황제가 인상을 찌푸렸다.

"그 문제로 공작들이 귀찮게 굴고 있긴 하지."

1명의 황제와 3명의 공작.

황제는 분명 하늘 위의 하늘이지만 제국을 세우고 지켜오고 유지하는 세 공작 가문을 결코 무시하지 않는다. 혼자 대륙을 지배하는 건 결코 있을 수도, 있어서도 안 되는 일이니까.

이를테면 특별 대우다. 다른 귀족들은 황제의 마음에 들지 않을 경우 이유를 묻지 않고 죽인다면, 이들에겐 그래도 합당한 이유를 찾고 정말 맞아 죽을 짓이 아니라면 한 번쯤은 용서해 준다는 그런 정도의 특혜!

선대부터 함께하고 언제나 2인자의 포지션을 유지하는 공작 가문들에게 주는 황제의 선의.

그게 그를 향해 이빨을 드러내는 것에 대한 면죄부가 될 순 없지만, 지금 같은 상황에선 골치가 상당히 아프게 다가온다.

"네가 카란 남작을 통해 훔쳐 오라고 시켰다더군. 하인스 후작 가문의 보물을."

"제가 시킨 건 아닌데. 그냥 알아서 가져온 거예요."

"……."

"그런데 그걸 왜 폐하한테 말해요?"

"하인스 후작은 3대 공작 중 한 명의 사위다."

"아하!"

역사엔 관심 없고 남의 가정사엔 더더욱 관심이 없는 한시민이지만 적어도 자신의 물건과 돈에 관해선 머리가 비상하게 돌아간다. 어째서 공짜로 얻은 반지에 대한 이야기가 나오는지 황제의 한마디로 모든 게 정리됐다.

"그러니까 그 돼지 새끼 외숙부가 후작이고 그 후작은 제국의 3대 공작 중 한 명의 사위다?"

"그렇다."

"그런데 그걸 왜 폐하한테 따져요? 나한테 직접 따지면 되지."

물론 이해는 이해일 뿐 납득과는 별개의 문제!

정치적으로 접근하면 쉽게 해결될 이야기지만 시도조차 하지 않는 그에게 황제가 친절하게 설명해 주었다.

"기회니까. 공식적으로 내 사위가 된 네가 공작의 가문의 보물을 건드렸다. 호시탐탐 이빨을 숨기며 수십 년, 아니, 어쩌면 수백 년을 기다려 왔을 그들에게 입지를 조금이라도 넓힐 아주 좋은 기회."

"흠."

그런 거구나.

애들 싸움에 어른들이 간섭하는 꼴 같지만 고개를 끄덕이며 인정했다.

"제 잘못이네요."

"……."

어쩌겠나. 인정할 건 인정하고 먹을 건 먹어야지.

"그래도 다행이네요. 나한테 바로 와서 안 따져서. 영지전이라도 하자고 했으면 큰일 날 뻔했네."

"하아."

황제의 한숨 소리 따위야 적당히 무시하며 슬그머니 물러선다.

"그럼 성년식 때 뵐게요. 공주님도 안녕."

"네, 자작님."

원래는 황제를 만나 슬쩍 스페셜리스트에 대해 떡밥을 던질 생각이었지만 생각보다 분위기가 무거워졌으니 다음 기회를 노리리라.

"뭐야? 오빠 또 사고 쳤어?"

"사고는 무슨. 게임이 뭐 다 그렇지 않겠냐. 여기저기 말도 안 되는 에피소드 터지고 유저들은 이해하지도 못하는데 진행하고. 개연성이라고는 개뿔, 다 내던져 버리는 빌어먹을 스토리라인을 어디서 처배웠는지. 쯧쯧. 베타고도 하여튼 알아줘야 한다니까."

"……."

들어보니 그게 아닌데.

논란의 중심이 되고 있는 반지를 햇빛에 반사시키며 쓰다 듬는 한시민을 보며 혀를 찼다. 아무리 노력하려 해도 역시 이곳에서 한시민처럼 적응하기란 쉽지 않을 듯했다.

2

태평한 도둑놈 공범과 달리 보물을 도둑맞은 피해자들은 지금껏 밤에 발을 뻗고 자기는커녕 잠도 제대로 자지 못하고 있었다.

"이런 빌어먹을. 카란 이 자식, 반지를 어떻게 훔쳐 간 거야. 어디 있는지 잡았어?"

"북쪽 숲으로 들어가 추격이 힘듭니다."

"젠장, 무슨 일이 있어도 산 채로 잡아 와."

"예."

믿은 건 아니다. 다만 경계하지도 않았다. 그래 봐야 나사 빠진 얼간이에 불과했으니.

적당한 작위 하나 주고 가문의 구색이나 갖추게 해주며 가끔가다 부리는 어리광을 대충 받아넘겨만 주는 그런 존재.

허영심 많고 오만한 아이였지만 어차피 눈에 들어오지도 않는 지방으로 보냈기에 별 상관도 없었다.

그게 문제였다.

설마 이런 발칙한 짓을 벌일 줄이야.

"후우."

분노보다 황당함이 앞설 정도.

생각지도 못했던 곳에서 맞은 뒤통수는 얼얼하기 그지없다.

"쯧쯧."

"죄송합니다, 장인어른."

하나 황당함은 황당함이고 현실은 현실. 눈앞의 노인에게 허리를 숙여 사과한다.

공주의 성년식. 그 좋은 날 이런 분위기에서 가시방석 위에 앉아 있어야 하다니. 이가 갈리지만 이미 벌어진 일을 화만 낸다고 뒤집을 순 없다.

"하필 그 반지를 훔쳐 가서……."

"됐다. 도둑맞은 게 드래곤 배 속에 들어간 것도 아니고 모험가 놈의 손에 있으니 큰 문제가 되진 않아."

"그래도 놈은 황제의 사위지 않습니까."

"그러니까 더 확실하게 되찾을 수 있는 거지."

앞으로 어떻게 하느냐가 중요한 것!

"황제도 부정하지 않는 걸 보니 확실히 가지고 있는 것 같으니."

"……죄송합니다."

공작은 고개를 저었다. 반지는 분명 귀중한 보물이고 동시에 공작파가 가지고 있는 강력한 힘 중 하나다. 하나 그건 어디까지나 진가를 아는 자들에게만 적용되는 이야기!

"어차피 다른 사람의 손에 들어가 봐야 희귀한 보석에 지나지 않으니 되찾으면 그만. 그를 빌미로 우리 세력을 키울 여건을 잡았으니 자네는 보물을 되찾는 데만 집중하게."

"예."

그렇게 말했음에도 하인스 후작의 표정은 펴질 기미가 보이지 않았다.

어쩌면 당연한 걱정이다. 비록 다른 사람은 속에 금이 들어 있는 예쁜 돌멩이의 가치를 모를지언정 그게 다른 사람의 손에, 심지어 자신이 쉽게 건드릴 수 없는 자에게 들어가 있다는 건 언제든 그 가치가 드러날 수 있다는 불안감에 휩싸일 일이니까.

"후작님, 그 모험가가 현재 황궁에 와 있습니다."

"……뭐?"

그러던 차에 들어온 하나의 정보는 하인스 후작을 일어서게 만들기 충분했다.

"지금 어디 있나."

"현재 황제 폐하를 알현한 뒤 수도 내를 돌아다니고 있습니다."

"호위는?"

"호위기사가 따로 붙진 않았고 일행으로 보이는 모험가가 셋 있습니다."

"그래?"

조급한 마음은 행동으로 이어지는 법. 후작이 그대로 나갈 채비를 갖췄다.

공작은 그를 말리지 않았다.

"조심하게. 황제의 사위가 된 모험가일세."

"예, 장인어른."

다만 조언할 뿐.

그들 사이엔 신뢰가 있었고 힘에 대한 자신감이 있었다.

비록 지금은 황제의 밑에서 허리를 숙이고 고개를 조아리지만 언젠가 기회가 된다면……

"위기는 언제나 기회가 되는 법이지."

황제에게 없는 단 하나의 장점.

연륜!

공작이 차를 홀짝였다.

가장 유치하면서도 동시에 가장 위협적인 협박은 무엇일까?

여러 방법이 나열되겠지만 누가 뭐래도 당하는 입장에서

더럽고 치사한 것은 역시 하나로 통일된다.

바로 갑질!

"자네가 시민 자작인가?"

"누구세요?"

수도 한복판에서의 운명적인 만남!

하인스 후작의 시선이 절로 한시민의 왼손으로 향한다. 누구라도 가장 먼저 보게 될 칠흑의 반지. 당장에라도 멱살을 쥐고 반지를 내놓으라고 외치고 싶지만 참았다. 어디까지나 가문의 보물은 대외적으로 비밀이니까.

다른 사람들 눈에 그림이 좋게 비칠 리도 없으며 그의 손에 돌아오지도 않은 보물에 대해 알려져 봐야 되찾을 가능성만 낮아지게 된다.

해서 다른 방법을 찾았다.

"난 하인스 후작이다. 자네가 카란 남작과의 영지전 도중 우리 가문을 욕보였다는 정황이 포착되었네만. 본인의 입으로 듣고자 하는데."

"예?"

이건 또 뭔 개소리야.

뜬금없는 등장과 악의에 고개를 갸웃거리는 사이 들으라는 듯 하인스 후작이 언성을 높였다.

"감히 자작 주제에 후작인 나를 넘어 사르 공작님까지 욕보이다니. 그리고 뻔뻔한 얼굴을 여기에 비치는 것인가?"

"쯧쯧, 저런."

"이런 염치없는 자를 봤나."

일부러 가문을 비롯해 그의 편인 귀족들을 축제에 잔뜩 달고 왔다. 지나가는 사람들은 당연히 잘못한 쪽이 한시민이라고 오해할 수밖에 없는 상황.

"따라오게. 잘잘못을 가려야 할 듯하니."

분위기를 형성하고 유도한다. 자연스럽게 포위망을 형성하는 일련의 무리!

"……."

그 짧은 순간에 한시민은 느꼈다. 그건 어쩌면 본능이었다. 자신의 것이 된 보물을 잃을지도 모른다는 불안함에 대한 본능!

'이 시바, 이 새끼구나.'

3

예상은 했다. 멍청이가 아니라면 자기 가문의 소중한 보물이 도난당했다는 사실을 두 달쯤 뒤에 눈치챌 리도 없고 곧바로 가문을 배신한 도둑놈을 추격할 정예 팀을 꾸렸을 테니까.

사실 한시민에게 오기 전 카란 남작이 잡히고 보물을 다시 빼앗기는 그림도 전혀 이상하지 않을 만큼의 반지가 아닌가.

비록 그 옵션은 베일에 가려져 있지만 단순히 마계에서 흘러들었다는 메리트 하나만으로도 충분히 다른 자들의 군침을 돌게 할 가치가 있다.

그런 와중에 카란 남작은 돼지 같은 몸으로 어떻게 한시민에게 당도했고, 반지를 건넸고, 도망쳤다.

그를 잡지는 못했어도 동선 정도야 따라가다 보면 반지가 어디로 흘러갔는지에 대한 추측은 가능할 터.

어쩌면 의심받을 수도 있겠다는 생각은 하고 있었지만 이렇게 노골적으로 다가올 줄은 몰랐다.

'과연 고위 귀족인가?'

축제 분위기에 들떠 있는 제국민들이 보기에 전혀 이상하지 않은 광경!

물론 조금 무거워지고 한시민을 둘러싼 무리엔 가까이 다가오지 않으려 했지만 적어도 이렇게 대놓고 납치하려는 상황에서 누구도 신고하지 않는다는 건 상당히 치밀한 계획 속에 접근했다는 뜻이다.

거기에 제국에서 이름 좀 알리고 얼굴 좀 판 저 귀족 놈의 영향력도 한몫했겠지.

"오빠, 이거 뭐야? 우리는 빠져 줘야 할 거 같은 분위기인데?"

"어허, 무슨 소리. 스페셜리스트는 하난데 어떻게 날 버리고 가겠다는 말을 그렇게 쉽게 할 수 있어?"

"하나는 개뿔. 이러다 죽으면 오빠가 책임질 거야?"

"그건 아니지."

티격태격하면서도 적당한 거리를 유지하게끔 등을 맞댄다.

강예슬은 아마 진심으로 빠져나가고 싶어 한 말이겠지만 안타깝게도 셋이 자리를 피할 공간은 없다.

"저기, 아저씨들. 우리는 이 사람 모르는데 그냥 보내주면 안 되겠죠?"

"……."

"네, 안 되겠죠."

게다가 정중히 묻는 답변도 침묵으로 돌아왔고.

그렇다고 무기를 꺼내기에도 상당히 민망하다.

"어쩔 거야?"

여긴 제국 수도 한복판이니까.

제아무리 스페셜리스트가 유저들 중 레벨 랭킹 1등이고, 4등과의 격차를 벌려 나감과 동시에 메인 퀘스트를 가장 선두에서 빠르게 진행하고 있다 한들 상대는 대륙을 지배하는 귀족. 게임을 이끌어 가는 NPC들 중에서도 권력이 상당한 자들이다.

말 한마디면 메인 퀘스트 2막 따위는 단숨에 클리어할지도 모르는 기사들이 몰려올 텐데 그렇게 되면 사냥 시간을 포기하고 여기까지 온 이유가 사라진다. 죽음 페널티로 인해 손해는 손해대로 볼 수도 있고.

해서 어쩔 수 없이 한시민에게 도움을 청할 수밖에 없었다.

그건 정설아 역시 마찬가지. 존재감 없는 정현수도 묵묵히 침묵을 지켰다.

"어쩌긴, 별수 있나. 숫자도 달리고, 작위도 달리고, 레벨도 달리는데."

"……."

하지만 한시민은 그들의 기대에 부응하지 못했다. 미소를 띤 채 내뱉는 말들은 하나같이 부정적이다. 인상이 절로 찌푸려지지만 그럼에도 토로하지 않는다. 사실 자신의 죽음에 대해 가장 관대하지 못하고 두려움에 떠는 이는 그 누구도 아닌 한시민이니까. 어떻게든 자기가 살 방도는 마련할 것이다. 그 틈을 비집고 껴 들어가면 된다.

포위한 귀족들 사이로 호위기사들이 들어온다.

안전을 위한 조심스러운 행동!

"잠깐!"

거기다 대고 한시민이 외쳤다.

"웃기고 있군. 포박해."

"예."

씨알도 먹히지 않았지만.

민망한 듯 머리를 긁적이던 한시민이 다음 카드를 꺼냈다.

"이러면 후회할 텐데?"

"네놈이 할 게 후회지. 감히 우리 가문의 보물을 훔쳐 오라 지시하다니."

"그건 무슨 개뼈다귀 처먹는 소리인지 전혀 이해하지 못하 겠고 일단 난 지금 황제 폐하의 명을 받고 심부름을 하는 중 이다. 그런 내가 갑자기 사라지면 어떻게 될지는 뻔할 텐데?"

"……뭐라?"

다른 사람이 한다면 삼족을 멸해도 이상하지 않을 거짓말!

황제를 팔아먹는 당당함에 하인스 백작이 멈칫했다.

제국의 3대 실세 공작 중 한 명의 사위가 그럴진대 어떻게 든 콩고물 얻어먹기 위해 뒤만 쫄래쫄래 따라다니는 귀족들 은 어떠하겠는가!

"헉!"

"폐, 폐하의."

제아무리 3대 공작의 위신이 높고 황제도 그들을 인정해 준 다고 하지만 결국 황제의 한마디면 모두 멸문지화를 면치 못 할 신세들이다.

게다가 대륙을 통일시키고 평화를 유지하며 백성들에게 편 안한 삶을 제공하는 폭군이자 선군인 황제는 민심까지 잡고 있다.

그런 그의 사위를 섣불리 건드린다.

각오는 했지만 이렇게 대놓고 선전포고할 생각은 없었다. 당연히 한 걸음씩 뒤로 물러서게 된다.

"흥, 이럴 거면서 있는 척하기는. 병신들."

"뭐 하느냐. 저놈을 당장 잡아! 폐하께서 시킨 심부름을 받은 지 몇 시간이 지나도록 의미 없이 성내를 돌아다닌다? 거짓말이 뻔하지 않느냐."

"네!"

그나마 하인스 백작이 가장 먼저 정신을 차리고 본질을 파악했다. 한시민의 뻔한 거짓말을 눈치채고 추리했다기보단 현실을 부정했을 뿐이지만 얼떨결에 찍어 맞힌 진실은 제법 그럴듯했다.

"마음대로 하세요. 잡아가든 말든. 어차피 황제 폐하도 당신네 보물 내가 갖고 있는 거 알고 있고 혹시 나 없어지거든 범인이 제 발 저려서 나 죽인 거라고 말해두고 왔으니까. 거기다 나 모험가인 것도 알고 있지? 죽어도 죽은 게 아니야. 살아서 돌아와서 폐하한테 다 이를 거야."

"……."

물론 상대는 한시민이었다. 생각 따위 하지 않고 일단 내뱉고 보는 그에게 말발로 어떻게 이긴단 말인가.

게다가 황제를 팔고 있다. 감히, 대륙에서 숨 쉬는 사람이라면 꿈도 꾸지 못할 일.

다시 기사들이 머뭇거리자 이번에는 제 발로 앞으로 나섰다.

"자, 어디 포박해 봐."

"……."

이쯤 되면 할 수 있을 리가 없다. 이미 기세에서 졌고 너무 많은 시선을 끌어버렸다. 할 거였으면 사람들이 어리둥절해 할 때 데리고 갔어야 한다.

여기 보고 있는 제국민들이야 거의 다 평민이라 두려워하지 않아도 되지만, 이들을 통해 제국의 사위가 공작파에게 납치되었다는 말이 황제에게 들어간다면 지금껏 숨죽이고 기다려 왔던 공작들에겐 치명적인 일이 되는 것!

"일단 물러난다."

하인스 백작이 입술을 깨물며 나지막이 중얼거렸다.

바로 눈앞에 보물이 떡하니 있는데 그걸 보고 돌아서야 하다니.

딱히 그가 사용해 본 것도 아니고 사용할 수 있는 물건도 아니지만 원래 계륵이란 게 그런 거 아닌가. 내가 먹지는 못하지만 남이 먹으려 하는 모습엔 속이 쓰려오는.

거기다 포위망이 풀리자 한시민이 한쪽 입꼬리를 말아 올리며 그를 향해 왼손을 치켜든다.

"그럼 이건 나 준다는 뜻으로 알고 잘 쓸게."

"……."

감히 자작 주제에 백작에게 반말을 하는 무례를 범함에도 뭐라 할 말이 없었다.

잘못은 확실히 백작 쪽에서 먼저 했고 지금 그들은 물러나는 분위기다.

굳이 물고 늘어질 일은 만들지 않는 게 좋겠지.

그렇게 생각하고 화를 꾹 참는 백작의 표정을 몇몇 귀족이 보았다. 헐도록 백작의 비위를 맞춰주고 콩고물로 돈 꽤나 만진 충신들! 그런 충신들이 그의 터질 듯한 분노를 보고 대신 표출해 주었다.

"이런 건방진! 아무리 폐하의 사위라도 그렇지. 감히 자작 주제에 하인스 백작님께 그런 무례라니! 네 이놈! 제국의 예절을 무시할 셈이냐!"

틀린 말도 아니고 이 부분은 확실히 한시민이 잘못했다.

게다가 하극상은 황제가 세상에서 가장 엄격하게 처벌하는 것! 이 일과는 별개로 처벌하고자 한다면 충분히 죄를 물을 수 있다.

있다고 생각했다.

"누구세요?"

"난 하타타 자작이다!"

"그래?"

"그렇다!"

"그런데 왜 지랄이세요?"

"……뭐? 네놈이 감히 백작님에게 무례를…….."

"뭐라는 거야. 내가 언제?"

"……?"

한시민의 태연한 오리발을 보기 전까진.

"내가 언제 저 백작님한테 무례를 범했냐고."

"……그 무슨."

"난 쟤한테 말한 건데?"

"……?"

어색하게 흘러가는 분위기에 향해지는 손가락질.

귀족들은 물론 구경하던 제국민들의 시선까지 그의 손가락 끝을 따라간다.

그곳엔 분명 하인스 백작이 있긴 했다. 하지만 손가락은 하인스 백작을 가리키지는 않았다. 백작의 뒤, 조신하게 손을 모으고 이리저리 눈치 보며 서 있는 귀족을 향하고 있었다.

"쟤. 야, 넌 작위가 뭐냐?"

"……예?"

한순간 향하는 관심에 당황하는 귀족.

한시민의 말에 얼떨결에 대답했다.

"나, 남작입니다."

"그치? 거봐, 남작이면 자작 밑인데 내가 반말하든 말든 무슨 상관이야?"

"……?"

너무 태연한 말에 하타타 자작이 반박할 말을 잃었다.

그러고 보니 그런 거 같기도 하고.

돌이켜 보면 확실히 한시민의 말엔 주어가 없긴 했다.

물론 그렇다고 해도 어디까지나 대화는 하인스 백작과 한시민을 중심으로 흘러가긴 했지만 본인이 저렇게 우기는데 어쩌겠는가.

정작 문제를 제기한 하타타 자작도 순간 납득할 뻔했는데 구경하던 사람들이야 오죽하랴.

"그러고 보니 그렇네?"

"조금 이상하긴 한데. 맞는 말이네."

"자작님이 백작님한테 반말할 리가 없잖아? 아무리 황제 폐하의 사위시라도 그렇지. 죽고 싶지 않다면야. 황제 폐하가 가장 싫어하시는 게 위계질서의 파괴인데."

이렇게 되면 문제를 해결할 방법은 하나다.

하나 하타타 자작은 그렇게까지 해결하고 싶지는 않았다. 그에게 필요한 건 적당히 하인스 백작에게 보여줄 충성심이지 목숨을 거는 일은 아니니까.

"그런데 넌 뭔데 나한테 지랄이냐?"

"……."

그런 그의 마음을 이해한 것일까. 한시민이 물러나려는 그를 붙잡았다. 그러곤 내던졌다. 한 장의 장갑을.

픽–

"컥!"

대충 던졌지만 15강 장갑은 사람을 쓰러뜨릴 만큼 강력하다.

졸지에 폭행을 당한 하타타 자작이 무슨 일인지 이해하기도 전에 청천벽력 같은 말이 떨어졌다.

"너 이 새끼, 감히 이렇게 많은 사람 앞에서 날 모욕하다니! 참을 수 없다. 비록 내 치욕이야 나 혼자 감당하면 되지만 폐하의 사위가 되었고 공주님의 남편이 된 이상 날 모욕한 건 황제 폐하와 공주님을 향한 것! 일러바치기엔 내 자존심이 용납지 않으니 정정당당하게 기사의 결투로 승부하자!"

"……!"

기사의 결투.

그 한마디에 좌중이 술렁거렸다. 다섯 글자가 갖는 단어의 무게는 결코 가볍지 않았기에.

"장갑은 다시 주고."

비싼 장갑을 넣 놓고 보며 자신에게 닥친 상황을 부정하는 하타타 자작에게 빼앗고 망치를 꺼내 든다.

자연스럽게 뒤로 물러나는 사람들.

하인스 백작의 표정은 더 이상 일그러질 공간이 없을 정도로 구겨졌지만 끼어들지는 않았다.

그런 단어다. 기사의 결투는.

"공평하게 나도 기사를 대리로 내보내지 않을 테니 너도 내보내지 마라. 정정당당하게 우리끼리 싸우자!"

"저, 저는 그냥 맞는 말만 했을 뿐인데…… . 정말 남작에게 하는 말인 줄 몰랐습니다."

자신을 향하는 살기에 정신을 차렸는지 하타타 자작이 급히 빌었다.

그에겐 전투 능력이 없다. 아니, 어느 정도의 호신술은 배웠지만 저렇게 삐까번쩍한 무기를 들고 있는 모험가를 어떻게 이긴단 말인가.

하인스 백작의 비위를 맞추던 가벼운 자존심이 금세 그를 변하게 만들었다.

"아니, 아니."

하나 한시민은 대나무처럼 곧았다.

많은 게 변했지만 단 하나, 돈 없이 말로만 때우려는 자들을 그는 제일 싫어한다. 거기다 하는 말마저도 마음에 들지 않는다.

"맞는 말? 이 새끼야, 맞는 말은 무슨. 처맞는 말이겠지. 넌 오늘 뒤졌다."

4

"……"

생각지도 못한 기사의 결투.

사실 이 단어는 평소에 듣기 상당히 힘들다. 심지어 기사들조차도 대련이나 맞짱이나 주먹다짐이나 결투 정도의 단어만 선별해 사용하지 결코 기사의 결투란 단어를 섣불리, 그리고 생각 없이 내뱉는 경우는 없다.

그건 그만큼 기사의 결투란 단어가 갖는 무게가 무겁고 내뱉은 이상 주워 담을 수 없다는 뜻.

선대부터 내려오는 기사들의 의지, 그리고 그들의 고고함의 상징.

왕국에서 인정하는, 또 제국에서 공식적으로 인정받은 기사들은 대우받을 가치가 있다. 그 어떤 귀족도 기사를 종처럼 부릴 수 없으며 비록 귀족은 아니지만 자존심의 무게만큼은 왕보다 위에 존재한다.

이는 곧 기사로 하여금 혹독한 수련을 견디고 부당한 명령을 수행하게 하는 원동력이 되며 동시에 주군을 위해 목숨을 언제든지 내던질 약속이 되는 것이다.

그런 그들이 서로의 자존심을 걸고 목숨을 담보로 겨루는 결투. 당연히 어느 한쪽이 죽어야 끝난다. 기사의 자존심은 목숨보다 가치 있으니. 자존심에 상처를 입었는데 어찌 상대를 용서한단 말인가.

모욕한 적을 죽여 자존심을 회복하든가 아니면 치욕을 견디지 못하고 목숨을 끊는다.

거의 광신도급이지만 기사들은 그렇다.

해서 하타타 자작은 정신이 혼미해질 수밖에 없었다.

"한, 한 번만 봐주시면……."

"닥쳐. 넌 내 희생양이 되어줘야겠어."

"……제발."

설마 죽이겠어?

라는 생각은 둘째 치고 당장 아니꼬운 표정으로 그를 노려보는 하인스 백작은 그의 인생이 여기서 끝날 것이라는 걸 보여주고 있었다.

딱히 연이 있는 것도 아니고 그저 아부 하나만으로 여기까지 올라왔는데 이렇게 상황을 복잡하고 크게 만들었으니 눈치 빠른 그에겐 앞으로의 미래가 훤히 보이는 상황.

싱글벙글 웃으며 망치를 허공에 휘두르고 있는 한시민 역시 기다리고 있었다는 듯 상황을 키우고 있었고.

"내가 꼭 이겨서 우리 예쁜 공주님의 명예를 지켜주리라!"

명예는 개뿔, 본인 이름도 돈만 된다면 악명으로 더럽히고도 남을 주제에 뻔뻔하게 외친다.

그러곤 다가간다.

막아서지 않는 수많은 귀족과 하인스 백작, 그리고 기사들까지.

성공적인 설계에 절로 마음이 뿌듯해진다.

'역시 맞고 참는 것보단 역으로 한 대 치는 게 속이 편하지.'

이렇게까지 할 필요는 없었다. 어쨌든 황제의 이름을 판 게 유효하게 먹혔든 순간 지금의 위기는 넘긴 셈이니까.

하지만 한시민은 그 뒤까지 봤다.

미래.

귀족으로 살아온 저들이 모험가에게 속아 물러섰다는 사실은 그냥 넘어갈 수 없는 일일 것이다.

당장 수도 한복판에서 사람을 납치하려던 놈들이니 무조건 어떤 식으로든 보복이 돌아오리라. 그게 직접적인 무력행사가 되었든 작위에 의한 압박이 되었든. 뭐든 좋은 결과는 아니리라.

그렇기에 선수를 쳤다.

감히 날 건드리면 어떻게 되는지 보여주겠다.

이럴 때만 천재성을 발하는 한시민은 재빨리 계획을 짰고 일부러 반말을 내뱉었다.

그건 그리 어렵지 않았다. 생각나는 대로 내뱉으면 그만이니까.

"그냥 와서 처맞아. 냅다 던진 미끼를 처문 네 운명이니까."

"⋯⋯."

몸을 풀며 다가오는 한시민의 공격을 하타타 자작이 피했다.

어쨌든 그도 자작씩이나 되는 NPC!

대충 휘두른 공격 정도는 충분히 피할 수 있다.

"어쭈, 피해?"

"⋯⋯."

그다음이 문제였지만.

"크아아아! 으아악!"

처절한 비명이 울려 퍼졌다.

기사들의 고귀한 자존심을 걸고 벌이는 검무 따위는 찾아볼 수 없는 저급한 폭행의 현장!

하나 그 의도는 정확히 먹혔다.

"저러다 죽겠네."

"어이쿠, 아프겠다."

사람이 정말 맞다가 죽을 수도 있겠구나.

지켜보던 사람들이 인상을 찌푸릴 정도로 맞고 있던 와중.

"헉! 공주님!"

"공주님이시다! 예를 갖춰라!"

손님이 도착했다.

"무슨 일이죠?"

"……."

하인스 백작과 그 귀족들의 무리는 분명 화려했다. 감히 범접할 수 없는 오오라가 뿜어져 나왔고 그를 지키는 기사들은 어중간한 용병들과는 차원이 다를 정도의 기개가 흘러나왔다.

그에 제국민들은 구경하면서도 섣불리 접근할 생각을 못 했고 과연 제국의 고위 귀족들은 저렇구나 새삼 느꼈다.

하지만 공주가 등장한 순간 신기하게도 하인스 백작의 무리에 의한 벽이 무너져 내렸다.

황금으로 만들어진 마차와 걷히는 휘장 속에서 나오는 공주! 그를 호위하는 황실 기사들!

남다르다. 같은 기사임에도 하인스 백작 무리에 있는 기사들이 그저 견습 정도로밖에 보이지 않는다.

번쩍이는 갑옷도 재질부터 다르고 하물며 기사의 상징인

검은 두말할 것도 없다.

하인스 백작 쪽 기사들도 그를 느꼈는지 표정이 굳었다. 물론 사태가 최악으로 흘러가고 있음을 직감한 하인스 백작만큼은 아니겠지만.

'……공주가 왜.'

여기 있는 걸까.

저주에 풀리고 난 뒤, 아니, 저주에 걸리고 난 뒤부터 공주는 단 한 번도 황궁 밖으로 나온 적이 없다. 그게 벌써 몇 년이니 사람들의 머릿속에서 공주의 존재가 잊힐 법도 하건만 그녀의 얼굴을 보자마자 부복하는 수많은 제국민은 그녀의 아름다움이 수년이 지났음에도 여전함을, 오히려 더 만개했음을 증명한다.

그저 외모로 인정받는다고 웃고 넘길 일이 아니다. 다음 황제가 될 공주에 대한 백성들의 인지도와 신뢰를 보여주는 지표니까. 반대편에 서 있는 하인스 백작에겐 결코 좋은 일이 아니고. 무엇보다 당장 그녀의 남편이자 어디로 튈지 모르는 한시민이 그녀에게 무슨 말을 할지 모른다.

"공주님, 오랜만입니다."

"백작님도요."

그렇기에 서둘러 나선다.

한시민의 일방적인 구타도 공주가 등장한 뒤로 잠시 멈춘 상태.

"무슨 일 있나요?"

"잠시 저 귀족과 공주님의 부군께서 시비가 붙어 해결 중이 었습니다."

공개할 건 과감히 공개하고 쳐 낼 건 쳐 낸다.

졸지에 모르는 사이가 된 하타타 자작의 표정이 울상으로 변했지만 자비란 없었다.

"그런가요?"

"예, 중재하고자 했지만 기사의 결투를 신청하시는 바람에."

"……아! 기사의 결투라면."

공주의 시선이 한시민에게 향한다.

신나게 몸을 풀어 스트레스를 푼 남자가 손을 흔드는 모습 이 시야에 들어온다.

절로 지어지는 환한 미소!

걱정 따위는 조금도 담겨 있지 않았다.

당연히 책임을 천방지축 날뛰는 한시민에게 은근슬쩍 떠넘 기려 했던 하인스 백작에게는 좋지 않은 소식.

'정략결혼이 아니었나?'

공주를 구해줬으니 사위를 시켜달라!

황제의 성정을 아는 이라면 감히 시도조차 하기 힘든 도박 이지만 그가 본 한시민이라면 충분히 하고도 남을 놈인 것 같았다.

그렇기에 사이가 좋진 않을 거라 추측했는데 공주가 보이는 눈빛은 전혀 그렇지 않다.

이건 마치 사랑에 빠진 소녀가 아닌가!

"공주님. 위험하니 물러나시……."

"여기 계셨네요?"

"어? 여긴 왜 왔어?"

불안함에 서둘러 한시민과 떨어뜨려 놓으려는 그를 무시한 채 결투의 현장으로 다가가는 공주!

"공주님. 거긴……."

그리고 그녀를 따르는 황실 기사들은 하인스 백작의 접근을 철저히 차단했다.

여차하면 검을 뽑아 들 준비까지 되어 있는 무례!

불쾌하기 짝이 없지만 어쩔 수 없었다. 황실 기사들은 일반 기사와 다르다. 그저 작위만 없는, 자존심이 드높은 기사들과 달리 황실 기사들은 황제를 등에 업고 있다.

그들은 황제의 그림자. 그들에게 내지르는 호통은 곧 황제를 향하는 것이나 다름없다.

"황궁이 너무 답답해서 잠시 나왔어요. 구경도 하고 싶어서요."

"아. 그래?"

"네, 오랜만에 나왔는데 너무 좋네요."

막는 이가 사라지자 자연스럽게 마주하는 두 사람. 오가는 훈훈한 대화들.

흥미진진하게 지켜보던 강예슬의 표정이 상당히 마음에 들지 않는다는 듯 구겨졌지만 신경 따위 쓰지 않고 깨를 볶는 데에만 집중한다.

"같이 구경 다닐까?"

"네!"

내미는 손.

이제는 망설이지 않고 마주하는 공주.

그걸 보며 희망을 발견하는 하타타 자작.

'살았구나!'

하인스 백작의 복장 터지는 소리 따위야 이제 뭐가 중요하겠는가. 어차피 그는 버림받을 것이고 이왕 버림받을 거면 목숨 정도는 지키고 버림받는 게 좋다.

"……."

해서 침묵을 지켰다. 죽은 듯 숨도 쉬지 않았다.

제발 공주랑 꺼져라. 그래도 제 놈이 남자라면 이런 상황에서 저런 미인을 앞에 두고 나 따위에 관심을 갖진 않겠지!

그렇게 믿고 눈꺼풀도 뜨지 않았다. 이러고 있으면 모든 게 끝나 있으리라.

"그럼 잠깐만 저기 내 친구들 옆에 서 있어. 난 빚이 남은 친구랑 나눌 대화가 좀 있어서."

"⋯⋯."

는 개뿔.

빌어먹을.

욕지기를 내뱉을 틈도 없이 발소리가 가까워 온다.

이대론 죽는다. 맞아 죽는다. 이보다 쪽팔린 일이 어디 있으랴.

재빨리 눈을 뜬 하타타 자작이 죽을힘을 다해 공주를 향해 기었다.

"사, 살려주십시오. 공주님! 한 번만 살려주십시오!"

필사적인 외침.

"어허, 누가 죽인대? 그냥 우리끼리 남은 빚을 푸는 거야. 이리 와. 안 죽어."

뭔가 질이 떨어지는 기사의 결투임에 틀림없지만 이제 막 도착한 황실 기사들은 묵과하며 고개를 돌렸다.

딴지를 건다? 기사의 결투를 이런 식으로 더럽히지 말라고?

다른 사람이었다면 그랬을 수도 있다. 하지만 한시민은 그들의 스승이자 은인이자 강해지기 위한 힘을 파는 사장님이다.

'어지간히 잘못했나 보네.'

'그러게 쟤를 왜 건드려.'

'기사들의 축제에서 이겨보겠다고 미친 토끼들까지 끌어들인 걸 생각하면 아직도 소름이 돋네.'

누구도 하타타 자작을 돕지 않는다.

남은 건 순수하고 세상 착할 것처럼 생긴 공주!

"빨리 끝내고 오세요. 기다리고 있을게요."

"응."

그런 그녀마저 등을 돌렸다.

결투가 재개됐다.

한시민이 축 처진 하타타 자작을 둔 채 하인스 백작에게 손을 흔들었다. 이번에도 역시 칠흑의 보석이 반짝이는 반지가 끼인 손이었다.

"……."

하인스 백작의 부들부들 떨리는 몸이 육안으로 확인될 정도.

'조금 미안하긴 하네.'

놀려먹으며 일말의 죄책감을 느끼긴 했지만 그게 그의 행동의 속도를 줄인다든지 그만둔다든지 하는 일은 없었다.

가만히 있는 하인스 백작의 물건을 훔쳐 온 건 자기 목숨을 구하고 싶어 한 카란 남작의 짓이고, 게임에서 장물임을 확인했고 원래 주인이 나타났으니 돌려줘야겠다고 생각하는 게 더 이상한 일이니까.

이로 인해 퀘스트가 이어지고 대륙의 사람들과 더 깊숙이 연관된다.

이 얼마나 게임을 올바르게 즐기는 태도인가!

당장 황제, 공주와 얽힌 덕에 자작도 되고 영지도 얻었다.

노이즈 마케팅도 마케팅이듯 이런 식으로 수많은 NPC와 얽혀 돈을 창출해 내리라.

어떤 식으로든.

그를 위해 씨익 웃어주고 공주를 붙잡았다. 그리고 무릎을 꿇었다. 동시에 품속에 손을 넣어 남은 한 짝의 반지를 꺼내 공주의 왼손 약지에 끼워준다.

"어머!"

감동받는 공주!

"……저, 저!"

뒷목을 잡는 하인스 백작.

일타이피를 챙긴 한시민이 일어나 공주를 와락 안았다.

부러움과 시기의 시선이 쏟아졌다.

5

"……!"

"어머!"

사람들이 웅성거리기 시작하더니 이내 침묵이 이어진다.

숨 쉬는 소리조차 자제해 주는 배려!

축제로 소란이 끊이지 않던 제국 수도의 거리에 핑크빛 고요함이 내려앉았다.

그 주인공의 자리에 선 공주의 설렘이야 말할 것도 없으리라!

"이건……."

"원래 성년식에 주려고 했는데 그때는 다른 사람들도 좋은 선물 많이 주니까, 지금 줄게."

"……감사합니다."

내 거라는 증표나 다름없는 왼손 약지의 반지임에도 공주는 전혀 불쾌한 기색이 없었다. 오히려 기뻐했다.

세상 다 가지고 태어난 얼굴에 행복함이 피어난다.

황제가 딸을 어려서부터 쥐 잡듯 교육시키는 스타일은 아니지만 기본적으로 황궁에서 태어나 황제의 유일한 자식으로서 그녀가 스스로 지고 살아온 부담은 감히 말로 표현할 수 없을 정도.

원하는 남자를 만나고 결혼하는 것에 제약이 없을지언정 당장 황궁에서 그녀의 마음에 드는 남자 자체를 만날 일이 없었고 그녀가 살아온 인생을 감당할 만큼 눈에 차는 남자도 없었다.

그러다 저주에 걸렸고 한시민을 만났다.

비록 그녀의 상식선에선 이해되지 않는 가치로 움직이는 남자지만, 그녀를 구한 것 역시 어디까지나 그의 이익을 위해 순수하게 움직인 것임을 알고 있지만 이상하게 그에게 끌렸다.

구해주고 노골적으로 보상을 바란다.

추하던 몰골을 볼 때와 원래 모습으로 돌아왔을 때의 반응 역시 크게 다르지 않았다.

물론 다른 남자들처럼 그녀의 겉모습에 관심을 보이는 동시에 돈을 들이밀면 또 거기로 발걸음을 돌린다.

매력!

공주는 한시민에게 매력을 느꼈다. 그 바탕엔 생명의 은인, 백마 탄 왕자라는 콩깍지가 많은 도움이 되었지만.

어쨌든 뜬금없는 프로포즈에 결혼반지까지.

핑계를 대고 한시민을 따라 축제 거리에 무작정 나온 그녀에겐 이보다 행복한 순간이 어디 있으랴.

"예쁘지?"

"네, 완전 예뻐요."

무엇보다 일생을 끼고 살 반지가 그녀의 마음에 쏙 든다.

돈을 밝히는 한시민이기에 큰 기대는 하지 않고 있었는데 어디서 이런 보석을 구했을까.

온갖 지식에 해박한 그녀조차 처음 보는 보석!

"이건 무슨 보석이에요? 처음 보는 거 같은데."

"아, 그거? 당연하지. 엄청 비싼 건데."

"그래요?"

"그럼, 그거 돈 주고도 못 구하는 거야. 옛날에 마족들이 침공할 때 열린 게이트에서 흘러나온 마계의 보석 가루들을 온 대륙을 돌아다니면서 모아 만든 보석이래."

"와!"

놀라는 공주!

그녀 역시 하인스 백작의 보물이 한시민의 손에 들어가 있다는 사실 정도는 알고 있지만 그 물건이 무엇인지에 대한 건 알지 못한다. 어디까지나 가문 대대로 내려오는 보물이고 대외적으로는 그런 게 있다는 것도 알려지지 않았으니.

황제야 알고 있지만 공작들과 충돌할 수 있는 예민한 문제에 대해선 공주에게 말해주지 않았다.

"어때? 마음에 들어."

"네! 성년식 선물은 이거 하나면 충분할 것 같아요."

"에이, 입바른 소리라도 고마워."

"아니에요, 정말로요. 다른 선물들은 굳이 귀찮게 받지 않아도 될 것 같아요."

"아니야, 아무리 그래도 그렇지. 비싼 선물들이 한가득 쌓일 텐데 귀찮더라도 받아야지. 정 귀찮으면 내가 대신 받아줄까?"

덕분에 한껏 훈훈해진 분위기는 하인스 백작 일행을 빼고 모두에게 전염됐다.

정신을 잃은 하타타 자작이 보았다면 억울함에 또 한 번 기절했을 달달함.

"으. 언니, 시민 오빠 완전 게임 체질인가 봐."

"저놈 남의 돈 뜯어먹는 거 보면 당연한 거지."

거기에 게임 세상에서 일정한 선을 유지하고 있는 유저 셋까지.

놀라울 수밖에. 현실에서도 저런 짓은 정말 큰 용기를 내지 않으면 불가능한 일인데.

"하긴, 게임이니까 가능한 건가."

어쩌면 나이지만 내가 아닌, 다른 사람들 눈에 내가 어떻게 비치든 상관없기에 가능한 일일지도 모른다.

하지만 그 대상이 한시민이라면 고개가 갸웃한다.

현실에서도 돈만 준다면 얼마든지 저런 짓을 할 것만 같은 인간!

"그럼 가자, 놀러!"

"네."

확실하게 공주의 마음을 훔침과 동시에 하인스 백작의 심장에 비수를 박아버린 한시민이 정말로 자리를 떴다.

서로 왼손에 낀 반지를 겹치며 사소한 것으로 웃고 떠드는 모습에 제국민들도 환호하며 그들을 따랐다.

"아, 이거 공짜로 준다고요? 아이고, 우리 공주님이 좋아하겠네."

"헐! 이 비싸 보이는 머리핀을요? 하긴 우리 공주님이 이런 거 정도는 껴줘야지."

"아이고, 뭘 이런 걸 다. 제가 필요하긴 했는데."

누가 봐도 제국 수도 거리에서 벌어진 소란은 한시민의 배만 잔뜩 채운 결과를 낳았다.

이미 너무나도 늦었지만 하인스 백작은 돌아가 자숙을 취했다. 당장 날뛰며 복수하고 싶은 마음이 굴뚝같았지만 사태는 그렇게 쉽게 해결될 수준이 아니다.

공주가 개입했으니 더 이상 한시민을 어떻게 하는 선에서 끝내지 못한다. 어떻게 한시민을 조용히 처리하고 반지를 회수한다 해도 나머지 한 짝이 공주의 손가락에 걸려 있지 않은가.

공주는 황궁에 있고 그녀를 지키는 황실 기사를 뚫고 손가락에 걸린 반지를 빼내오는 건 차라리 반역을 일으키는 게 나을 정도로 어렵다.

그나마 냉철한 이성이 뒤늦게나마 발휘돼 뒷수습을 어떻게 할지 고민하는 사이 공주의 성년식이 시작되었다.

"짐은 공주에게 제국을 운영하고 제국민들을 헤아리는 법을 조금씩 알려줄 것이며……."

절차대로 진행되는 이런저런 공식적인 행사들.

그리고 시작되는 축제!

전야제부터 한시민의 프로포즈로 인해 한껏 달아오른 분위기가 절정을 찍는다.

술과 고기가 무한으로 제공되고 분위기에 취해 사이가 나빴던 사람들도 하나가 되어 흥겹게 노는 날은 그 어떤 전쟁이나 다툼도 금지된다.

"공주님, 성년이 되신 걸 축하드립니다."

"감사합니다."

동시에 상납되는 수많은 귀중품.

공주는 진심으로 어제 받은 한시민의 반지 하나면 충분했지만 그가 갖고 싶다는 욕망을 마음껏 드러낸 걸 보았기에 웃음을 지어주며 어떻게든 눈 한번 맞춰보려는 귀족들에게 가식적인 웃음을 보여주었다.

이 자리가 불편하고 어서 한시민과 함께 여기저기 돌아다니고 싶지만 확실히 그의 말대로 쌓이는 물건들은 하나같이 어디서든 쉽게 보기 힘든 보물.

그 가치가 비싸든 아니면 희귀하든 한시민에게 가져다준다면 좋아하리라!

'자작님도 날 위해 귀한 보물을 준비해 주셨으니 나도 내조해야지.'

속물 같은 느낌적인 느낌은 공주에겐 전혀 문제 될 게 없었다. 그녀는 그런 게 당연하다고 배웠고 보고 살아왔다.

"감사합니다. 이건 정말 비싼 건데."

시민님이 좋아하겠네요.

"어? 이건 모험가들 사이에서 유행한다는 아티팩트 아닌가요? 정말 감사합니다."

이것도요.

하나같이 공주에게 바쳐지는 선물들은 오로지 한시민을 기준으로 평가되고 반응이 갈렸다.

기껏 성의를 바쳐 선물을 구해온 귀족들이 그녀의 속마음을 알게 된다면 죽 쒀서 개 준다는 생각에 손이 부들부들 떨릴지 모르겠지만, 그걸 모른 채 칭찬 한마디 들으면 마치 하늘에서 내려온 동아줄을 붙잡은 양 기뻐했다.

그런 모습을 보며 오해하는 또 한 사람이 있었다.

황좌에 앉아 흐뭇하게 바라보는 황제!

공주가 선물을 받으며 기뻐하는 것에 뿌듯하기 그지없었다.

"역시 공주군. 벌써부터 인맥을 관리하는 방법을 알아."

하나뿐인 딸이 제 목숨을 구해준 골치 썩이는 천방지축 모험가 놈을 위해 저렇게 해맑은 미소를 남발하고 있다는 사실을 꿈에도 모르는 최대 피해자!

'빌어먹을 사위 놈만 속을 안 썩이면 될 것 같은데…….'

이번 일로 공작이 계속해서 압박해 온다.

웬만하면 그냥 포기하라 단호하게 말이라도 해보겠는데 그것은 다섯 전설이 존재할 당시 전설 중 한 명이 목숨을 빚진 하인스 백작 가문에게 선물한 것이다.

그 어떤 이유로든, 가문의 주인인 하인스 백작이 가문 회의를 통해 판매를 결정한 뒤 넘긴 게 아닌 이상 찾아 돌려주는 게 맞다.

"후."

그렇다고 막상 그들의 편을 들어 한시민에게 내놓으라 하자니 그들에게 힘이 실린다.

아주 사소하고 당연한 일일지 몰라도 미묘한 힘의 줄다리기에서 밀리는 기분.

황제는 그런 걸 상당히 싫어한다.

그럼에도 들어줘야 할 수밖에 없는 걸 알기에 저들이 이렇게 강하게 나오는 것이리라.

어떻게 해야 할까.

고민하는 사이 문제의 장본인이 나타났다.

"폐하, 뭐 기분 나쁜 일이라도 있어요? 표정이 왜 그래요? 우리 공주님 태어나신 기쁜 날에."

"……."

이걸 한 대 쥐어 패야 하나.

무시했지만 굴하지 않고 한시민은 본론을 꺼낸다.

"다름이 아니라요. 제가 어제 공주님한테 엄청난 보물 하나를 드렸거든요."

"……."

"아주 마음에 들어 하시던데."

"하루 종일 표정이 좋긴 하더군."

공주의 이야기에 황제는 화답할 수밖에 없었다. 궁금하긴 했으니까.

왜 표정이 좋았을까. 한시민과 황궁 밖에서 데이트를 즐긴 건 알고 있지만 그렇다고 하기엔 너무 표정이 밝았다. 지금 역시 마찬가지고.

생일이라 귀족들이 주는 선물들이 기쁜 건 절대 아닐 테고.

"알려드릴까요?"

“…….”

“사실 어제 결혼반지를 드렸거든요.”

숨기지 않고 은밀히 하는 말에 황제의 시선에 자연스럽게 왼손 약지로 향한다.

결혼반지란 대개 쌍으로 맞추게 마련이니 한시민의 손에 걸려 있는 게 공주의 손에도 걸려 있겠지.

하지만 무심코 본 황제가 인상을 찌푸렸다. 별생각 없이 봤는데 그곳엔 어제도 본 물건이 걸려 있었다.

“설마 그걸…….”

“대박이죠? 마계의 보석으로 만든 반지. 솔직히 이거 가져다가 팔면 평생 게임 안 해도 될 만큼 벌 수 있을 텐데 공주님의 품격을 위해 드린 거니까 제 부탁 하나만 들어주세요.”

“하아.”

결국 저질렀구나.

이 문제로 어떻게 해야 하나 한참 진행되던 황제의 고민이 끝났다. 고민할 필요가 없었다. 해결할 방법이 사라지도록 한시민이 쐐기를 박아버렸으니.

이 영악한 놈이 순진한 마음으로 공주에게 정말 선물로 주었을 리는 없고 분명 의도된 것이리라.

머릿속이 복잡한 황제를 보며 한시민이 긍정의 의미로 받아들이고 요구 사항을 내뱉었다.

"기브 앤 테이크라고. 공주님한테 보물 줬으니 저도 귀족 자리 4개만 주세요. 더도 말고 덜도 말고 남작 네 자리만. 알 겠죠? 그럼 그렇게 알고 가겠습니다."

"……."

대답을 생각할 겨를도 주지 않은 채 자리를 벗어난다. 사실 부탁이라기보다 일방적 통보에 가깝다. 무례하기 짝이 없는 짓이지만 그럴 자격이 있다고 생각했다.

'진짜 비싼 건데 준 거니까.'

그 과정에서 혼자 귀찮게 하인스 백작 쪽 귀족들과 얽히기 싫어 냅다 공주의 손가락에 끼워 버린 것쯤은 머릿속에서 깔 끔하게 지워 버렸다. 그에게 불리한 기억일뿐더러 어쨌든 반 지는 공주를 위해 가져온 게 맞으니까.

"그럼 가 볼까나."

팔 물건을 마련했으니 이제 팔 고객을 찾는 일만 남았다.

스페셜리스트야 이미 사겠다고 확답을 내렸으니 남은 건 한 명!

한시민의 발걸음이 켄지 길드가 묵고 있는 숙소로 향했다.

6

켄지 길드도 당연히 공주의 성년식에 초대되었다.

그들은 아인 왕국에서 이름을 꽤나 날리는 길드였으며 동시에 메인 퀘스트를 위해 NPC들과의 관계에도 신경을 많이 써왔으니까.

적어도 귀족 NPC들이 모험가 하면 떠오르는 다섯 손가락 안의 길드.

어지간한 돈지랄이 아니면 불가능한 일을 현실로 만들어낸 켄지는 그의 힘을 과시라도 하듯 제국에 와서도 비싼 숙소를 잡았다.

길드원이 무려 100명이 넘는데도, 축제 기간이라 바가지 비용이 추가됨에도!

"와, 좋은 데서 자네. 이게 다 얼마야. 이 돈 나한테 줬으면 내가 더 좋은 데서 자게 해줬을 텐데."

황궁과 비교해도 전혀 꿀리지 않는다.

규모부터 시작해 세세한 부분까지 들여다보면 감히 비교할 수 없겠지만 당장 숙식을 해결하기만 되는 점만 생각해 보면 길드원들만 사용할 수 있고 꽤나 쾌적한 공간이라는 것에 점수를 많이 주고 싶다.

이런 곳에서 아무렇지도 않게 돈을 펑펑 써대며 자다니. 과연 돈지랄 길드라고 해도 과언이 아니지 않은가.

"무슨 일로 왔습니까?"

감탄하는 사이 켄지가 나타나 아니꼬운 표정으로 물었다.

한시민에 대한 감정이 좋을 리 없다.

"뭐, 그냥. 잘 지내나 한번 구경하러 왔죠. 이래 봬도 제가 황제의 사위거든요."

"……."

어쩌라고.

알고 있는 사실이기에 존경이나 부러움의 눈빛 같은 건 보이지 않는다.

확실히 그런 건 켄지와는 전혀 관계없는 이야기!

변하지 않는 현실이고 켄지 입장에선 당장 그걸 빼앗을 방법이 없으니 차라리 듣지 않는 편이 훨씬 정신 건강에 이로울 수 있다.

"할 말 없으면 돌아가시죠."

"에이, 왜 이래요, 우리 사이에. 일부러 불편한 사람은 다 떼고 왔는데."

"……."

한쪽 눈을 찡긋하는 모습에 켄지의 인상이 구겨진다.

저게 무슨 말인지 이해하지 못할 만큼 그는 바보가 아니다.

스페셜리스트. 항상 함께 다니던 그들을 말하는 거겠지.

켄지 길드와의 마찰이 심한 그들을 일부러 데리고 오지 않은 것을 통해 대화를 원한다는 의미를 전달하고자 할 테고.

배려 아닌 배려랄까.

하나 켄지는 이제 스페셜리스트보다는 한시민이 더 얄밉고 언젠가 죽일 수만 있다면 게임을 접을 때까지 죽이고 싶다는 생각을 하고 있다.

처음엔 스페셜리스트가 그의 라이벌이었지만 알고 보면 모든 게 한시민으로부터 시작되었다는 걸 이제는 알았으니.

축복의 반지!

강화!

그밖의 수많은 것.

현재 스페셜리스트의 성장과 무력은 70% 이상이 한시민의 능력에서 나왔다고 봐도 무방하다.

고작 세 명이서 엄청난 사냥 속도를 보이며 레벨 격차를 유지하는 것도 모자라 벌리고, 100단위로 사냥하는 켄지 길드보다 높은 레벨의 몬스터를 사냥하고.

만약 한시민이 없었다면 그게 가능했을까?

아니라고 단언할 수 있다.

물론 스페셜리스트 단일 길드만의 능력은 충분히 인정해 줄 만하지만 딱 거기까지다.

해서 현실을 자각한 켄지는 한시민을 경계하기 시작했다.

'또 무슨 수작을 부리려고.'

더 무서운 건 한시민은 돈을 위해서라면 적과도 동침할 수 있는 놈이라는 것이다.

아직까지 켄지 길드의 유저 80% 이상이 지난번 한시민이 강화해 준 무기나 방어구를 쓰고 있지 않은가.

이런 자를 파트너로 만들면 그들 역시 성장할 수 있지만 동시에 경계해야 할 대상이다.

자신은 도달할 수 없는 위치에서 중립을 지키며 이익을 취하는 자.

"너무 그렇게 보지 마요. 다 게임인데 저라고 좋아서 그랬겠어요? 강화해 주고 아이템 팔아야 먹고사는데 어떻게 해요. 제가 물론 스페셜리스트지만 일종의 프리랜서 느낌이니까 너무 경계하지 말고 좋은 게 좋은 거라고 서로 원하는 거래를 하죠."

"……."

그리고 켄지조차도 고개를 끄덕이게 만들 정도로 유들유들하게 접근하는 자.

어느새 가까이 다가온 한시민이 보험 파는 말투로 은근하게 속삭인다.

"솔직히 저야 돈 많이 주는 쪽이 장땡이거든요. 길드 소속이 뭐가 중요해요?"

"……."

"지금이야 조금 밀릴지 몰라도 사실 그쪽이 돈은 훨씬 많잖아요. 미래를 봐야죠, 미래를."

저도 모르게 끄덕여지는 고개!

한시민이 마음에 들진 않지만 켄지도 생각하던 바다.

어차피 나중이 되면 격차는 뒤집힐 것이다.

분명한 건 또 하나의 세상인 판타스틱 월드에서 고작 셋으로 대륙을 정복하는 일 따위는 감히 있을 수 없으니까.

"그래서 말인데, 그 미래를 설계하는 데 필요한 물건을 제가 갖고 있거든요."

"……물건?"

"네, 아주 혹하실 만한 물건."

공감을 얻어내자마자 훅 치고 들어온다. 동시에 판단 내리기 전, 과감하게 물건을 꺼낸다.

"제국의 귀족 작위, 어때요? 끌리죠?"

"……!"

"비록 남작이지만 거기서 키우는 거야 본인 능력이고. 영지도 귀족 되고 공헌도 올리다 보면 생기는 거고. 사실 그건 어렵지 않아요. 정작 귀족이 되는 게 문제지."

"그걸 어떻게……."

줄 수 있는 겁니까.

아니꼬운 눈으로 절대 흔들리지 않겠다는 다짐은 채 10초를 넘기지 못했다.

귀족!

게임 내에서 최고의 자리에 오르고 유저들 위에 군림하고자 하는 켄지가 가장 먼저 해결해야 하는 숙제!

"어때요. 끌리죠?"

"……."

부정할 수 없었다. 반박하지도 못했다.

사업하는 입장에서 약점을 보이는 순간 을이 된다는 사실을 누구보다도 잘 알지만 갑작스럽게 치고 들어온 한시민의 공격은 무방비로 있던 그에겐 너무 치명적인 일격이었다.

게다가 귀족 자리라면 얼마든 지불할 의향이 있는 물건!

"얼마입니까."

켄지는 인정했다. 한시민이 마음에 들지는 않지만 그가 제시한 물건은 충분히 매력적이다. 그에게 돈을 내고 강화했을 때처럼 자존심을 버릴 준비가 되었다.

아니, 이미 버렸다. 어느새 한시민을 향한 아니꼬운 눈빛은 사라진 채 공적인 자리에서 거래를 진행하는 길드 마스터가 되어 있었다.

"글쎄요. 아직 가격은 생각 안 해봤는데."

그러자 한시민도 판매자의 본분에 최선을 다하기 시작했다.

똥배짱!

갑의 위치를 최대한으로 활용하는 발언.

구매하는 입장에선 가장 듣기 싫어하는 말!

제시해 봐라.

어떤 가격을 불러도 그 이상을 역으로 부를 테고 그렇다고 너무 낮은 가격을 부르자니 상대 쪽에서 거래 자체를 거부할 수도 있다.

원하는 가격은 있지만 파는 입장에서 하나뿐인 물건임을 알고 뻗대는 것!

하지만 켄지는 전문가다. 수백억, 수천억이 오가는 거래에서도 담담함을 유지하며 냉철하게 거래를 성사시키는 그다.

"1만 골드 드리겠습니다."

10억!

간을 보려던 판매자로 하여금 억 소리가 나게 만드는 금액. 어지간한 예상 수치보다 높을 것이며 흥정은 감히 꿈도 꾸지 못하리라.

희귀한 물건을 가지고 있는 갑의 횡포도 이런 공격엔 버틸 수 없겠지.

흔들린 순간 갑과 을은 뒤집힐 것이다.

'제깟 놈이 버틸 수 있을 리가.'

켄지가 코웃음을 쳤다.

사실 10억까지 지를 이유는 없었다. 아무리 귀족 작위라 해도 고작 남작이고 제국의 것임을 감안한다고 해도 언젠가 그의 능력으로 충분히 딸 수 있는 것이었으니까.

다만 지금 구매하는 이유는 그만큼의 시간을 단축하면 다른 유저들과의 격차를 훨씬 벌릴 수 있기 때문!

원래 생각했던 가격은 3억 정도였다. 하나 아니꼬운 한시민의 콧대를 눌러주고 싶어 돈을 조금 더 썼다. 이 정도는 그에게 큰 타격도 아니다.

추켜올려진 턱!

시선을 내려 한시민을 보았다.

보나 마나 넋 빠진 채 10억이라는 금액으로 뭘 살지 고민하고 있겠지.

"……?"

엥?

아쉽게도 그의 예상은 빗나갔다. 시선에 들어온 한시민의 얼굴엔 기쁨이나 행복 따윈 찾아볼 수 없었다.

"만 골드면 겨우 10억이요?"

"……?"

겨우? 내가 잘못 들었나?

혼란스러워하는 켄지에게 한시민이 쐐기를 박았다.

"에이, 통이 크신 분인 줄 알았더니 실망이네. 무슨 시골 왕국에 남작 자리도 아니고 다른 왕국가도 하이패스로 먹히는 제국의 귀족 자리인데, 고작 10억이요?"

"……."

조금도 흔들리지 않다니!

"겨우 그 정도 가격이라면 아쉽네요. 대화가 잘될 줄 알았는데. 수고하세요."

사실 당연한 이야기다. 애초에 한시민은 켄지를 골수까지 뽑아먹을 생각으로 왔기에.

물론 10억이라는 돈은 그가 예상했던 금액보다 조금 많긴 하지만 그렇다고 거기서 흔들릴 순 없는 법!

흔들릴 뻔했지만 지난번 61억짜리 스킬북 덕분에 참을 수 있었다.

"잠깐!"

어디선가 많이 본 장면. 소설이나 드라마에서 이럴 땐 항상 급한 사람이 잡게 마련이다. 그리고 그건 켄지도 예외는 아니었다.

"얼마를 원하십니까."

"그거야 켄지 님 역량에 달렸죠. 사실 1만 골드가 끌리긴 하지만 경매에 올리면 그보다 더 많이 받을 수 있을 거 같기도 해서. 당장 팔아야 할 물건도 아니고."

이를테면 작위는 자격증이다. 건물주가 될 수 있는 자격증!

현재 한시민의 영지에서 벌어들이는 돈을 생각해 보면 결코 아깝지 않은 금액.

"생각 좀 해보고 다시 연락드려도 되겠습니까?"

"얼마든지요."

복잡한 표정의 켄지가 거래를 뒤로 미뤘다.

그의 입장에선 지금 당장 거래를 진행하기엔 너무 말린 상황. 꼭 갖고 싶지만 동시에 그 이상의 금액을 쓰기엔 부담스럽다.

한시민이 흔쾌히 고개를 끄덕였다. 거래를 위해 마련해 둔 장치는 여기서 끝이 아니다. 아마 내일 모험가들이 다 모인 자리에서 구매하고 싶다는 확신을 갖게 되리라.

돌아온 한시민은 곧장 다음 거래를 진행했다.

"1만 골드 불렀어요."

"……."

"와, 비싸다."

예상하긴 했지만 생각보다 비싼 가격에 스페셜리스트는 놀랐다.

물론 어처구니없는 가격은 아니다. 계급 사회인 판타스틱 월드에서 유저로서 상위 %에 들어간다는 건 그만한 가치가 있는 일이니까. 몇 년을 바라본다면 작위를 몇억 주고 사는 건 그리 비싼 가격이 아닐지도 모른다. 당장 현실의 국회의원도 고작 몇 년을 하기 위해 몇억을 쏟아붓는 걸 아까워하지 않으니까.

그런 모습을 어려서부터 봐온 재벌 2세들은 고개를 끄덕였다.

"나도 귀족 한번 해볼래."

반값에 주기로 했으니 5억!

3명이니 15억을 날로 처먹는 일임에도 한시민은 생색을 붙였다.

"사실 5배 더 붙여서 팔긴 할 건데 우리 사이에 굳이 그런 바가지를 씌울 필요는 없을 것 같고 나중에 도움받을 일도 많을 것 같으니 5천 골드에 해드릴게요."

훌륭한 거래.

동료에겐 신의를 얻고 호구에겐 돈을 얻는다!

"입금은 내일 작위 받고 해주세요."

손해 보는 느낌이 없잖아 있고 조금 더 받을까 하는 유혹은 끊임없지만 참았다. 어차피 돈은 내일 켄지에게 뜯으면 된다.

다음 날.

성년식이 이루어졌던 장소에 또 한 번 황제와 공주가 나타났다. 그리고 귀족들까지.

어제와 다른 점이라면 귀족들은 참관석에 앉아 있고 이번엔 유저들이 정렬해 있다는 것.

"대륙에 큰 도움을 주고 있는 모험가들을 보게 되어 기쁘다. 앞으로 대륙을 위해 더욱더 정진해 주길 바라는 마음에서 몇 명에게 제국의 작위를 내리고자 한다. 또한 빠른 시일 내에 대륙의 모험가들을 대상으로 최고의 전사를 뽑는 대회를 열 예정이니 많은 참여를 바란다. 우선 세 명에게 남작 작위를 수여하노라."

황제가 근엄한 목소리로 유저들에게 혹할 만한 정보를 내뱉었고 마지막 말과 함께 세 사람이 단상 위로 올라갔다.

영광스러운 자리!

부러운 시선들이 쏟아짐과 동시에 몇몇은 인상을 찌푸렸다.

"……."

그중 가장 썩은 표정을 하고 있던 켄지가 공주 옆에서 꽁냥거리는 한시민을 보았다. 한시민도 때마침 그에게 손을 흔들어주었다.

먼 거리이지만 그가 옹알거리는 입모양을 켄지는 읽을 수 있었다.

'얼마 줄래?'

켄지는 한시민을 경계하지만 사실상 현재 라이벌은 스페셜리스트다. 레벨도 비슷하고 하나의 길드를 형성해 움직인다는 점도 비슷하고 세력의 강함도 비슷하고.

직접 부딪치면 이길 자신이야 넘치고 넘치지만 자신감만으로 현실에 안주하면 어떻게 되는지는 누구보다 잘 안다. 그렇기에 자극이 될 수밖에 없다.

"……."

최소 20억. 바가지를 씌우려는 판매자 입장에서 받고 싶은 금액의 최솟값.

분명 얻고 싶은 물건임에는 부정할 수 없지만 그렇다고 20억씩이나 내면서 한시민에게 좋은 일을 해주고 싶진 않았다.

아쉽지만 다음 기회를 노리면 된다. 제국의 작위는 많은 시간을 단축시켜 주고 쉽게 구할 수 없는 자리이지만, 돈이 있다고 무조건 수십억씩을 투자하며 노릴 만큼의 자리는 아니니까.

왕국의 귀족도 다른 유저들에겐 똑같은 귀족이다. 발언권이 강하고 정당한 이유가 있으면 처벌할 수 있다.

딱 거기까지. 부가적으로 얻는 혜택들은 전부 유저들 대상이 아닌 판타스틱 월드에서 이름을 날리고 NPC들에게 인정을 받기 위한 것들이니 너무 서둘러 얻으려 할 필요가 없다.

해서 포기했다. 켄지는 고작 한두 달 앞을 바라보며 게임을 하는 것이 아니기에.

고글이라는 이름과 세계 최초의 완벽한 인공지능 베타고. 두 가지 이름이 합쳐진 판타스틱 월드는 결코 수년 내에 망할 게임이 아니다.

그런 곳에서 최강이 된다.

멀리 보는 자만이 설계할 수 있는 일 아니겠는가.

"젠장."

그렇게 생각했는데, 여기 도착하고 나서야 아쉬운 마음을 정리할 수 있었는데. 왜 하필 저들이란 말인가.

왜 생각하지 못했을까. 한시민이 그에게만 물건을 팔러 온 게 아니리란 걸.

'당연히 저들한테 먼저 말했겠지.'

인맥이고 길드원이다. 특히 한시민 입장에선 많은 돈을 벌어다 주는 고객이니 가장 먼저 제안했을 것이다. 그다음이 켄지였을 테고.

아니, 두 번째든 세 번째든 중요하지 않다. 문제는 사지 않겠다고 다짐한 마음이 흔들린다는 것이다.

'어쩌지.'

그러는 사이에 작위 수여식이 끝났다.

작위 수여는 별것 없었다. 그저 황제가 선언하고 세 유저가 무릎을 꿇어 경의를 표하고, 빛이 반짝이며 유저들이라면 누구나 예측할 수 있는 홀로그램과 함께 작위가 부여됐겠지.

이름뿐인 작위다. 다른 유저가 받았다면 그래도 상관없다며 코웃음 쳤을 것이다.

하나 저들은 스페셜리스트다.

"지금 동원할 수 있는 현금이 얼마인지 보고하라고 전하세요."

"네, 길마님."

이미 그에게 한시민의 도움을 받았다고 할지언정 패배라는 단어를 몇 번이고 선사해 준 이들. 그런 그들에게 귀족의 작위가 부여되었다. 언제든 힘을 키워 뒤통수를 쳐야 하는 마당에 신분의 격차가 벌어진다는 건 변수가 사라진다는 뜻.

유일하게 이점을 갖고 있는 머릿수로 이기지 못할지언정 사냥을 방해하는 것도 불가능하게 될지도 모른다. 한두 번 성공할 수는 있어도 귀족이라는 이유만으로 그들을 역으로 괴롭힐 카드는 저쪽이 훨씬 더 많이 갖게 되는 것이니까.

"……."

켄지는 그제야 한시민이 어제 그토록 쉽게 포기하고 돌아갔는지를 깨달았다.

그냥 가격이 맞지 않고 다른 사람에게 팔면 그만이라는 생각 때문이 아니다. 확실히 그건 아닐 수밖에 없다. 제아무리 제국의 귀족이라도 켄지의 상식선에서 수십억을 지불하고 당장 구매할 수 있는 유저는 없을 테니. 의사가 있다 해도 현금을 당장 동원할 부자를 어디서 찾는단 말인가.

그가 쉽게 돌아간 이유는 찾을 수 있다는 자신감 때문이 아니라 팔 수 있다는 확신 때문이었다.

넌 어차피 구입하게 될 거야.

한시민이 말하는 것 같은 기분에 인상을 찌푸렸다. 돈을 구하면서도 당장에라도 멈추라는 이성과 본능의 목소리가 들려왔지만 멈출 수 없었다. 얼마를 주겠냐며 비웃던 입모양에도 자존심을 과감히 내다 버릴 수밖에 없었다.

그래야 했다. 그런 게임이다. 판타스틱 월드는.

제아무리 부자인 켄지라도 최고가 되기 위해선 간, 쓸개를 다 내던지고 밑바닥에서 일말의 망설임도 없이 구를 준비가 되어 있어야 하는 곳.

2차 협상의 자리가 마련되었다.

켄지는 이미 슈퍼 정이다. 그냥 가만히 있어도 한시민이 부르는 값을 치러야 할 상황. 그럼에도 한시민은 거기서 만족하지 않고 쐐기를 박아버렸다.

"이거 보셨죠? 커뮤니티에 올라온 귀족의 특권들. 사실 뭐 귀족이기보다 제국의 남작이니까 얻을 수 있는 것들인데. 전 잘 몰랐는데 생각보다 좋네요?"

"……."

스페셜리스트에게 부탁해 곧장 올린 하나의 글!

귀족이 되면 유저가 얻을 수 있는 수많은 혜택과 미래에 발전할 수 있는 가능성들까지. 누가 봐도 당장 남작이 된 유저가 쓴 글이라기엔 너무나도 세세하다.

"놀랍죠? 제가 부족한 부분은 조금 채우긴 했지만."

하나하나 꼼꼼히 한시민이 남작이 되었을 때부터 자작이 되었을 때까지의 노하우와 수익이 나열되어 있었다.

이날만을 위한 설계.

상당히 귀찮고 번거롭고 더럽고 치사한 작업이지만 한시민은 해냈다. 한두 푼짜리 거래가 아니니까.

"50억."

"……."

"알죠? 이미 작위 수여식은 끝난 거. 여지를 남겨두긴 했지만 황제를 설득하는 건 절대 쉬운 일이 아니에요. 저도 원래 작위 같은 건 계획에도 없는 황제한테 유저들의 편의를 위해 자리 좀 내달라고 3박 4일 동안 달라붙어 애걸복걸해서 따낸 거라고요."

애걸복걸은 개뿔, 가서 일방적인 통보로 따온 것이지만 거짓말은 실감 났다.

"거기다 이미 한 번 깐 거래고. 제 구겨진 자존심에도 불구하고 거래를 해야 하는 아픈 마음을 치료해 줄 비용까지. 그리고 원래 철 지난 물건을 구할 때는 웃돈을 얹어줘야 하는 것까지."

말도 안 되는 이유까지 다 갖다 붙이지만 켄지는 할 말이 없었다. 결국 사러 온 거니까.

여기서 너무 비싸니까 또 거절한다?

그럴 경우 돈은 둘째 치고 자존심이 바닥을 치게 된다.

그는 어디까지나 공적인 일을 위해 사적인 감정을 버릴 수 있는 거지, 아무 때나 밑바닥을 보는 사람은 아니다.

높은 자리에 있는 만큼 고고함이 필요한 법.

"……거래하죠."

"헐, 생각보다 쿨 거래하시네."

게다가 시민의 저 기세등등한 표정은 조금이라도 머뭇거리면 언제든 가격을 올릴 준비가 되어 있다 말하고 있었다.

"계좌 찍어드릴 테니 입금하세요. 입금 확인되면 물건 넘겨드릴게요."

"그러죠."

완벽하게 바가지를 쓴 켄지가 처진 어깨로 자리를 벗어났다.

50억.

분명 그에겐 그리 큰돈이 아닐 수도 있다. 자산 규모로 따져 봐도, 지금껏 게임에 쓴 돈을 생각해 봐도 마음만 먹으면 얼마든지 망설이지 않고 투자할 수 있는 돈이다.

하나 문제는 그가 생각했던 기준에서 한참이나 벗어나는 금액이라는 것. 그리고 그가 원하는 대로 거래를 진행하지 못한 채 질질 끌려다니며 다섯 배나 되는 돈을 추가로 지불했다는 것.

그게 마음에 안 들었다.

"후."

그래도 어쩌겠나. 그는 타고난 사업가다. 손해를 입었어도 그를 바탕으로 또다시 도약할 방법을 찾으면 된다.

어찌 됐든 제국의 귀족 자리를 따낸 것이니 잘 이용해 활용할 길을 마련해 봐야겠지.

그러면서 한 가지를 다짐했다.

'언젠가 스페셜리스트고 시민이고 무한 PK 한다.'

한시민은 50억과 원수 하나를 얻었다.

8

축제의 꽃은 역시 야심한 밤이다.

흥겨운 분위기, 적당한 알코올, 그리고 돈!

"크, 만날 이런 이벤트 했으면 좋겠네."

"오빠가 사막에서 모래도 가져다 팔 사람이니까 그런 거지 다른 사람은 절대 그렇게 못할걸?"

"에이, 못하는 게 어디 있어. 다 먹고살려면 하는 거지."

황궁이 아닌 수도 한복판에서 흥겨운 사람들을 보며 맥주를 마시는 한시민의 표정은 그보다 밝을 수 없었다.

65억!

뉘 집 개 이름도 아니고 게임 머니도 아니다. 아니, 게임 머니도 65억이면 현금으로 바꿔도 입이 벌어질 정도로 많으리라.

그런 돈을 하루 만에 벌었다. 아무런 투자도 하지 않고.

그 과정에서 시간이니 노력이니 많은 머리를 써야 했지만 한시민은 언제나 그렇듯 돈이 들지 않는 노력은 얼마든지 할 준비가 되어 있다. 축복의 반지를 가지고 하루 20시간 사냥을 따라다닐 수 있는 이유도 그것이고.

창조 경제!

무에서 유를 창조하며 가장 많은 돈을 벌 수 있는 분야.

IT 계열 사람들이나 과학자들이 괜히 돈을 많이 버는 게 아니다.

남들이 할 수 없는 걸 만들어 판다. 수요가 적을지언정 살 수 있는 한두 명만 있다면 돈방석에 앉는 건 금방.

"이걸로 뭐 하지."

"이제 오빠가 나보다 돈 더 많은 것 같아."

"어허, 무슨 말이야, 그게. 아빠 돈도 다 네 돈이지."

그런 한시민을 보며 강예슬이 착잡한 표정을 지었다.

"괜히 샀어."

어째 분위기에 휩쓸려 사긴 했지만 당장 쓸데라곤 찾아볼 수가 없다.

기껏해야 NPC들에게 경배받고 다른 유저들보다 높은 위치에 있다는 점 정도인데 하루 종일 사냥만 하는 스페셜리스트가 그런 이점을 누릴 시간이 얼마나 되겠는가. 차라리 그 돈으로 아이템을 하나 구매했다면 전력이 보다 늘었으리라.

그럼에도 언젠가는 쓸 일이 있겠구나 싶어서 사긴 했지만.

"레벨 업 하기도 힘든데 용병들 사서 사냥하면 되잖아. 그거 내가 한번 해봤는데 경험치 진짜 많이 주더라."

"그래?"

"어."

"몇 명이나 썼었는데?"

"글쎄. 스무 명 좀 넘게?"

해서 한시민이 팁을 좀 줬다.

그래도 돈을 많이 주신 고객님인데 어떻게 활용할지에 대한 팁 정도는 줘도 되겠지.

"정말? 얼마 줬어?"

"난 공짜로 받았지."

"……뭐야, 그게. 레벨은?"

"그것도 잘 몰라. 대충 150? 200?"

"……."

물론 하나도 도움이 되지 않는 정보라는 게 흠이었지만.

알 바 아닌 한시민이 웃으며 병을 들고 일어섰다.

"어디 가세요?"

"아, 저 잠깐 황궁 좀 다녀올게요. 이제 다시 퀘스트 하러 가실 건데 인사는 하고 오려고요."

묻는 정설아와 친절히 답해주는 한시민.

강예슬이 눈을 게슴츠레 떴다.

"공주님 만나러 가는 거지?"

"그럼."

"우리 조금 있다가 출발할 거야."

"그러든지."

"진짜?"

"인사만 하고 올 건데 뭐."

"쳇, 난 또 자고 오는 줄 알았지."

안도의 미소가 지어진다.

"우리 돈 뜯어서 그런 미녀와 하룻밤이라니. 용납할 수 없어!"

"괜찮아, 오늘만 날이 아니니까."

"……."

승자의 미소와 함께 한시민이 걷는다. 그런 그의 입가엔 비웃음이 가득했다.

"으아! 짜증 나! 다 벗었는데 안 서버려라!"

강예슬이 할 수 있는 건 분노의 저주뿐이었다.

⑨

좋은 일은 연달아 일어난다고 했던가.

영지로 돌아가며 행운이 가득한 한 통의 메일을 보았다.

"광고?"

개인 방송을 통한 제품 광고 문의 메일.

사실 그의 메일함엔 그런 내용의 메일이 셀 수도 없이 많았지만 유독 이 메일만을 읽은 이유는 하나다.

"엄청 많이 주네?"

가격! 그의 마음을 사로잡을 만큼의 페이!

한시민이 메일에 적힌 번호로 전화를 걸었다.

Episode 25.

어맛, 이건 꼭 봐야 해

1

　20살이 넘어 원치 않게 자급자족의 삶을 시작한 한시민이 가장 싫어하는 말이 있다.

　바로 급여 협의!

　아르바이트를 구하는 주제에 최저 시급도 맞춰주기 싫은 점장들의 꼼수!

　어느 정도 경험이 있다 싶은 알바생들은 알아서 피해 가지만 뭐든 잡아서 한 푼이라도 벌어야 하루를 사는 한시민 같은 사람들은 그걸 알면서도 알바를 하는 수밖에 없었다. 다른 마땅한 알바가 없으니까. 하루에 세 탕씩 뛰기 위해선 시간대가 맞고 거리도 짧은 곳을 구해야 하니까.

신고?

당장 하루 알바가 끝나면 피곤한 몸을 뉘기 바쁜데 언제 그 정신적인 전쟁을 하고 앉아 있나.

무엇보다 그는 굉장히 현실적인 사람이다.

'어차피 해봤자 변하지도 않을 텐데.'

물론 부당하게 못 받은 알바비는 받을 수 있을 것이다. 대신 주변 점주들 사이에 소문이 나 알바를 할 수 있는 기회를 박탈당할 테지만.

안 좋은 것이고 사라져야 할 일이지만 현실적으로 힘들다는 걸 알기에 당해온 부당!

하나 이제 당하지 않아도 된다.

통장엔 이번에 벌어들인 돈에 이런저런 부수입까지 더해져 110억에 가까운 현금이 들어 있었고, 여전히 영지는 발전 중이라 이익이 남지는 않지만 든든한 성벽을 바탕으로 눈에 띄는 NPC와 유저들의 유입, 주변 미개척지 개발과 같은 긍정적인 바람이 불고 있다. 여기에 미스릴 광산이라도 하나 발견된다면 통장의 돈은 끝없이 불어나리라.

그렇기에 웬만한 메일은 다 걸렀다.

"이런 빌어먹을 새끼들이 어디서 날로 처먹으려고."

광고를 문의하는 수많은 업체. 메일엔 하나같이 연락처 하나와 번지르르한 말뿐이지 정확한 가격을 제시한 곳은 없었다.

그 의도를 모르랴.

"어려 보이고 게임 하는 놈이니까 적당히 구슬려 싸게 해먹겠다?"

옛날이었으면 알면서도 수락했을지 모른다.

"내 방송을 뭘로 보고."

하지만 지금은 아니지 않은가.

제값을 받다 못해 뻥튀기해 바가지까지 씌울 만큼 한시민의 가치는 올라갔다.

길거리에 다니는 사람 열 중 여덟을 데려다 일을 시킬 수 있는 편의점 아르바이트가 아니라 판타스틱 월드에서, 유저 수 3천만을 향해 달려 나가는 게임에서 열 손가락 안에 꼽을 정도로 희귀한 인력이 되었다.

그런 의미에서 그의 마음에 쏙 든 메일은 필요한 내용만 담겨 있었다. 어떠한 잡설도 들어 있지 않고.

"20초짜리 광고를 넣어주길 원합니다. 페이는 월 1억."

얼마나 깔끔한가!

본론과 지불할 수 있는 액수, 담당자 이름과 연락처.

너무 짧아서 스팸이 아닐까 하는 의심이 싹을 틔우지도 못했다.

"이런 바람직한 회사라니. 대체 어디야?"

Fresh Korea.

"음, 외국 회사군."

영어를 보자마자 어느 회사인지 알아보고자 하는 마음이 싹 사라졌다. 대신 연락처를 곧장 클릭했다.

급여 협의가 아닌, 최저 시급도 아닌 한시민의 가치를 알아봐 주고 투자하겠다는 아주 훌륭하고, 청결하고, 현명하고, 마케팅도 잘하는 회사인데 광고해 주는 입장으로서 하루라도 빨리 계약을 해주는 게 인지상정!

'한 달에 1억이면…….'

요즘 벌어들이는 금액을 생각해 보면 작게 느껴질 수도 있지만 결코 적은 금액이 아니다. TV에 나오는 톱스타들의 CF 계약금이 6개월 혹은 연 단위로 2억까지 편차가 심하니 거의 최상위 스타의 몸값이라고 봐도 무방할 정도.

무엇보다 한시민이 해야 할 게 없는 거래다. 방송에 넣는 20초짜리 광고는 한시민이 홍보해 주는 게 아니라 유저들이 개인 방송을 시청하러 들어오기 위해 볼 수밖에 없는 시스템이니까.

"아주 깔끔해."

이보다 더 만족스러울 수는 없다.

물론 의문이 아주 없는 건 아니다. 비록 한시민의 채널이 판타스틱 월드 개인 채널들 사이에선 상당히 인지도가 높지만 어째서 방송 한 번에 수십만씩 시청하는 다른 방송을 두고 기껏해야 수천 단위의 채널에 투자하려는 걸까.

부정하고 싶지만 현실이다. 이런 광고는 최대한 많이 노출되는 게 좋다. 수천이 결코 적은 숫자는 아니지만 수십만 잠정 고객과 비교하면 1억을 어디에 써야 할지는 여덟 살짜리 아이에게 물어도 나오는 답.

"물어보면 알겠지."

전화를 걸면서 태연하게 중얼거렸다.

의문은 의문일 뿐. 들어온 수박을 걷어찰 만큼 한시민은 바보가 아니다.

무슨 생각을 하고 제안을 했든 손해는 그들이 보겠지.

마차에 캐릭터를 두고 나온 건 한시민만이 아니었다.

"이런 건 사기일 수도 있으니까 조심해야 해요."

"맞아, 오빠. 이럴 때 빗겨 놔야 나중에 또 깎아먹지."

강예슬과 정설아도 따라나섰다. 전문가들을 데리고.

"……아니, 그냥 광고 하나 계약하러 가는데 무슨."

"어허, 오빠 몸값이 우리 스페셜리스트 이미지인데 어떻게 그래. 덤벙거리는 그 성격에 돈 준다고 헤벌쭉해서 아무 계약서에 도장 찍으면 인생 그대로 노예로 전락하는 거야."

"……."

아니, 그건 좀 아닌 것 같은데.

강예슬의 말에 정설아가 고개를 젓더니 단호하게 앞장섰다.

"어쨌든 마차에만 있는 거 심심해서 따라온 거니 같이 가게 해주세요."

"네, 뭐 설아 씨가 그렇다면야."

나쁠 건 하나도 없으니까.

조금 느껴지는 부담 따위는 전문가를 대동해 진행하는 계약의 결말에 대해 생각해 본 뒤 깔끔하게 날려 버렸다.

내 돈 내는 것도 아니고 호의를 베풀어준다는데 굳이 마다할 이유가 없지. 게임 캐릭터가 아닌 현실의 미녀와 함께하는 것도 왠지 게임 폐인이라는 걸 잠시나마 잊게 해주는 좋은 매개체고.

드라마에나 나올 법한 변호사 집단 같은 느낌이 드는 무리가 회사에 도착했다.

외국계 회사이고 신선한 식품을 판매하는 곳!

확실히 우르르 몰려오니 긴장되었는지 마케팅 담당자도 잠시 자리를 비우더니 구색을 갖춰 나타났다.

"왜 저한테 광고를 맡기시려는 거죠?"

그러거나 말거나 한시민은 자리에 앉자마자 본론으로 들어갔다. 돈만 주면 광고는 얼마든지 넣어줄 수 있지만 궁금증은

풀어야겠다.

도저히 그의 머리로는 이해할 수 없는 발상!

마케팅 담당자가 침착하게 설명했다.

"저희는 혼자 사시는 분이나 시대에 맞춰 요리를 구매해 드시는 분들을 위한 음식이나 재료를 판매합니다. 아무래도 판타스틱 월드를 즐기는 대부분의 유저는 나가서 식사를 하는 것보다 빠르고 간단하게 영양분을 챙기는 식으로만 식사하는 쪽으로 분위기가 흘러가고 있더라고요. 해서 부탁드렸습니다."

"……아."

한 문단으로 이해시키는 말에 고개를 끄덕였다.

게임만 하느라 별생각이 없었는데 그럼에도 사회는 역시 잘 돌아가고 있었구나.

온갖 종류의 사람이 판타스틱 월드에 펼쳐진 블루 오션에 한 몸 던지고자 뛰어드는데 기업들 역시 마찬가지구나.

새삼 감탄했다. 당장 한시민부터 현실에서 음식을 먹는 게 극히 제한되어 있지 않은가.

하루 종일 게임 하다 접속을 끊을 때쯤 게임 속에서 미리 주문한 패스트푸드를 캡슐에서 나와 간단히 씻고 음식을 먹고 곧바로 접속한다.

맛? 영양분?

배만 부르면 되고 부족한 영양분은 비타민으로 채운다. 어차피 맛은 게임 내에서 얼마든지 느낄 수 있다.

작정하고 먹방만 하려고 캡슐을 사는 사람까지 있는 마당에 현대의 음식이 과연 끌릴까?

그런 사람들을 저격하는 마케팅이라.

듣고 보니 그럴듯했다. 굳이 시청자 수가 100배는 되는 방송에 문의하지 않는 이유도 이해됐고.

'이미 했거나 구매력 있는 시청자를 노린다는 건가.'

해외에 본사가 있는 회사다 보니 꽤 클 수도 있고 당장 한국 지부 건물의 규모만 봐도 돈이 상당히 있어 보인다. 제시한 금액 또한 받기 전까진 속단할 수 없지만 자금력이 대단하다는 걸 알 수 있고.

그러니 그렇게 제시했겠지. 한시민을 포함해 유명한 채널 관리자들에게.

"그럼 혹시 페이는 다 동일한 건가요?"

"아, 그건 아닙니다. 광고를 제안한 관리자분들을 두고 파생되는 효과를 저희 기준으로 측정한 지표로 나눕니다."

"전 혹시 몇 등……."

"그건 좀……."

"제일 많은 게 얼마인지만 그럼."

"하아, 시민 님의 방송은 시청자 수는 조금 부족하지만 충분한 구매력이 있는 시청자가 대부분이기에 다섯 손가락 안에 꼽히시는······."

"계약합시다!"

마지막으로 가장 중요한 것만 물은 한시민이 자리를 박차고 일어났다. 옆에 전문가들이 잔뜩 있었기에 더 이상 이야기를 나눌 필요가 없었다.

불리한 조항은 알아서 제거해 주겠지.

"역시 방송을 성실하게 하다 보니 이런 날도 오는구나."

"······."

근 한 달 넘게 방송이라는 단어 자체를 머릿속에 지우고 살았던 그의 입에서 양심 없는 말이 튀어나왔다.

2

한시민의 개인 채널이 오랜만에 켜졌다.

기다렸다는 듯 밀려드는 시청자들!

—오늘도 10만이냐?

—뭐, 이젠 고정이지.

—아니, 10만 원이고 뭐고 방송 좀 자주 해라. 시청자랑 밀당하냐.

—내가 볼 땐 시청료 벌 시간 주는 거 같음.

—아오! ㅎㅇ 님들.

이제는 묻지도 따지지도 않고 우선 결제부터 하고 보는 고정 시청자까지 생겼을 정도로 유명세를 탄 한시민의 방송. 다만 방송하는 사람이 방송을 잘 켜지 않는다는 게 문제긴 하지만.

어쨌든 알림과 함께 기대를 가진 사람들이 몰려들었고 결제와 동시에 낯선 화면이 나타났다.

─뭐냐, 이건?
─광고?
─웬 광고냐.

사람들이 의아해하든 말든 시작된 영상은 제 할 일을 했다.

어두컴컴한 방, 한 대의 캡슐, 그곳에서 나오는 한 명의 여자!

─오, 예쁘다.
─아니, 시바. 방장님. 10만 원짜리 방송에 이게 웬 광고…… 오오!

집이라는 걸 최대한 표현하기 위해 편한 옷차림은 매력적인 몸매를 부각시키기에 충분했고 시청자들은 투덜대면서도 광고에 집중했다.

─뭐야, 뭐 먹는 거임?

─이거 무슨 광고?

─아, 프레시네. 나도 이거 먹음.

그리고 내용을 충분히 전달하고 환한 미소와 함께 웃으며 사라지는 여자.

유저들이 여운을 느끼기도 전에 화면이 전환되고 익숙한 얼굴이 나타났다.

"안녕들 하세요?"

한시민!

여전히 마차에 누운 채 다리를 꼬고 손을 흔드는 모습이 시청자들에 대한 예의라고는 눈곱만큼도 찾아볼 수 없다.

당연히 유저들은 불만을 토로했다.

─이런 슈방. 기껏 비싼 돈 내고 방송 입장했더니 웬 광고임.

─님 도랐? 얼마 받고 스폰함.

─아오, 이거 빠른 입장 아이템으로도 스킵 못 함.

─광고에 나오는 여자 예뻐서 봐준다.

─봐주긴 뭘 봐줘. 환불해 주셈.

공짜라면 방송하는 사람도 먹고살아야 하니 그러려니 이해해 주자는 분위기로 흘렀겠지만 이들은 무려 10만 원이나 내고 방송에 입장한 사람들!

반발은 흠잡을 데 없이 정당했다.

대상이 한시민이라는 것만 빼면.

"뭐야, 보기 싫었으면 진작 말을 하셨어야죠."

─그래, 인마. 이제 채팅 좀 보네. 빨리 광고 치워라.

"가시는 길 고이 보내드리겠습니다. 안녕!"

─'빵야빵야빵빵' 님께서 강제 퇴장 당하셨습니다.

순간 멈춰 버린 채팅창.

"영지 꾸민 거랑 강화 방송 좀 하려 했는데 방송이랑 관련 없는 이야기로 물 흐리는 분들은 안타깝지만 강퇴하겠습니다."

오늘도 한시민의 인성은 예상을 벗어났다.

억지에 탄압이다. 하지만 시청자들은 별말 하지 않았다.

─뭐 이러냐. 그래도 10만 원 내고 들어온 방송인데 강퇴는 좀······.

─······님께서 강제 퇴장 당하셨습니다.

느꼈기 때문이다. 방송할 때 항상 채팅 따위 조금도 신경 쓰지 않고 진행하던 이놈의 실체를.

게다가 처음 있는 일도 아니다.

첫 방송! 분위기를 타고 천 단위를 겨우 넘어가는 신입 방송인이 한마디 상의도 없이 제멋대로 중요한 순간에 유료로 넘어가는 미친 짓을 하지 않았던가!

몇 달 동안 가끔 켜며 채팅창엔 신경도 쓰지 않고 묵묵히 할 걸 하는 모습만 보다 보니 그걸 잠시 잊고 있었다. 다른 방송에선 있을 수 없는 일이기도 했고.

여기 대부분의 시청자가 평소에 평범한 다른 방송을 더 많이 보는 것도 한몫했다.

대화도 말이 통하는 놈하고 해야지 뭐라 할 틈도 없이 강퇴를 해대는데 무슨 소통을 한단 말인가.

물론 이런 행태에 불만을 가진 시청자들이 빠져나갔지만 한시민은 미동도 하지 않았다.

"그럼 이제 순수하게 보실 분들만 남은 거 같으니 조금 있다가 강화랑 영지 구경 시작하겠습니다."

어차피 나간 사람들도 기껏해야 수십일뿐더러 환불 따윈 없다.

남아 있는 사람들도 적응하기 시작했다.

―그래, 뭐. 다 같이 먹고살자고 하는 짓인데.

—저거 솔직히 맛있음. 님들도 먹어보셈.

—난 프레쉬 말고 광고에 나오는 저…….

—어허, 클— 린한 방송 만듭시다.

—기껏 20초야 기다릴 수 있음.

갑질할 땐 그들의 10만 원을 걸고 했지만 막상 억압당하고 보니 역으로 이제 그 10만 원이 아까워지기 시작했다.

그렇다고 10만 원을 버리고 나가기엔 한시민의 방송을 목 놓아 기다릴 정도로 빠진 사람들인 데다가 그만한 가치가 있다고 생각하는데 고작 20초짜리 광고 때문에 강제 퇴장 당하면 얼마나 억울하겠는가.

무엇보다 판타스틱 월드 채널은 강제 퇴장 시스템이 상당히 웃기다.

"그래도 다 저 잘되길 바라며 오신 분들이니 특별히 1회성 강제 퇴장으로 끝내드리겠습니다. 불만이신 분들은 다시보기로 봐주세요."

영구 강제 퇴장과 시간 단위, 회 단위로 끊을 수가 있다.

그 말인즉, 까불면 10만 원 날리게 되고 다시 보려면 또 한 번 10만 원을 내야 하니 조용히 있으라는 뜻!

어쨌든 볼 거면 할 말 하는 것보다 20초를 기다리는 편이 훨씬 낫다.

그게 결정타였다.

–빨리 보여주셈.

–나 스샷으로는 본 거 같은데 실제로는 한 번도 못 봄.

판타스틱 월드 채널들엔 아직 정착되지 않은 문화지만 TV만 켜도 어느 프로그램에서나 광고로 시청자들을 길들이는 게 당연하기도 했고.

그렇게 한시민의 시청자 대부분이 첫 광고를 받아들였다.

그게 시작이었다.

3

계약을 진행하는 과정에서 계약금을 입금하고 이런저런 조건들을 다시 검토하는 와중에 한시민은 문득 떠오른 아이디어를 제시했었다.

"광고 말고 따로 인센티브 형식으로도 조건을 걸 수 있나요?"

"예?"

"예를 들면 제 이름을 대고 사는 사람들이 일정 수 이상 넘으면 일정 금액을 지불한다든가."

"……."

알아서 마케팅을 도와주는 친절한 대행사가 아닌가!

반짝이는 눈빛에 마케팅 담당자는 알아보겠다고 고개를 끄덕인 뒤 허락을 받았다고 말해왔다.

물론 조건은 달성하기 힘든 수치. 수십만 명씩 보는 방송이라면 모를까 한시민의 방송에선 쉽게 달성, 아니, 거의 불가능한 수치라고 봐도 무방했다.

그만큼 광고란 건 많은 사람에게 보여야 하지만 실제로는 그중 몇 프로도 사지 않는 것.

하나 한시민은 도전을 좋아한다.

영지에 도착해 진홍빛의 성벽을 시청자들에게 자랑함과 동시에 본론으로 들어간다.

"오늘은 영지전을 대비해서 방어 시설들을 강화해 볼 생각입니다."

사실 별생각 없었다. 방송도 가끔 용돈이나 벌기 위해 켰던 것이지 방송 외에도 돈을 벌 수단이야 널리고 널린 그에게 방송이 중요하게 느껴지겠는가.

광고 역시 1억이라는 돈에 혹해 계약했지만 갑자기 열심히 할 생각은 없었다.

그가 생각하는 건 그 이상의 큰 그림!

'이게 두 개, 세 개, 열 개가 되면?'

가격은 전부 다를 것이다. 하지만 확실한 건 그만큼 광고를 달 만큼의 규모가 되고 이름을 날린다면 가격이 오르면 올랐지 떨어지지는 않으리라는 것!

그런 게 만약 10개라면?

월 10억씩 방송만 켜도 들어오게 된다.

그럼 더 이상 방송도 용돈이 아니게 되겠지.

'적당히 강화하는 퍼포먼스 좀 해주고.'

콘텐츠 또한 아주 적절하다. 온라인 게임 때부터 확률을 이용한 돈지랄은 제아무리 유치하고 단순한 게임이라도 사람들의 시선을 끌기 충분했으니까.

실패도 몇 번 해주고 여기저기 돌아다니며 의식으로 사람들의 흥미를 부추기고 마지막에 극적인 성공을 보여준다면 방송 분량은 걱정할 필요가 없다. 게다가 꼭 하루 종일 방송만 할 이유도 없고.

네임 밸류라는 게 그토록 중요하다.

'똥만 싸도 유명해지는 사람이 되자!'

그를 위해 한시민은 다짐했다. 방송을 평소보다 두 배 이상 열심히 하겠다고!

그래 봤자 한 달에 한두 번 기준이지만.

어쨌든 쓸데없는 강화 방송에 사람들이 꾸역꾸역 몰려들기 시작했고, 이런저런 자세를 취하며 강화에 성공하는 모습에 관심을 보였으며, 일부는 유저 주제에 벌써 작위를 갖고 영지를 가졌다는 것에 흥미를 보였다.

시작은 강화지만 끝은 잡종이라!

빠져나간 시청자가 있었는지 모를 정도로 시청자 수는 계속해서 늘었다.

입소문.

특히 있는 사람들의 입소문은 이토록 빠르고 효과가 컸다.

그게 절정을 찍었을 때.

한시민이 방송을 켠 진짜 목적을 꺼냈다.

"자, 여러분. 오늘 강화는 여기까지고 이벤트를 시작하겠습니다."

"……?"

사악한 미소.

콘텐츠가 끝났다는 것에 방송을 끄려던 시청자 대부분이 멈칫했다.

이벤트.

고작 세 글자만으로 사람의 발목을 붙잡는 묘한 매력이 담긴 단어니까.

악마의 속삭임이 시작됐다.

다음 날.

이런저런 변화가 현실에서 시작됐다.

"엄마!"

"왜?"

"엄마, 나 프레쉬 시켜줘."

"프레쉬가 뭐야?"

50평이 넘는 호화스러운 집!

고등학생이 엄마에게 브리핑을 준비했다.

"천연 채소와 과일만 사용하며 전문가들이 만드는 식단으로 믿고 먹을 수 있는 건강한 음식들만 파는 업체!"

"그래? 들어본 거 같기도 하고."

"거기 요즘 한창 뜨고 있대. 내 친구 은지 알지? 걔 엄마도 만날 그거로 요리해서 먹는대."

"은지면, 전교 1등?"

"응, 원래 좋은 걸 먹어야 머리도 잘 돌아가잖아."

"그렇긴 하지."

"나도 영양분이 요즘 조금 부족한 거 같기도…… 콜록."

"엄마가 한번 알아볼게."

"응, 꼭! 꼭꼭! 그리고 살 때 나 불러줘. 알겠지?"

"엄마가 알아서 사면 되는데."

"아니야, 거기 추천인 있는데 그거 적으면 경품 당첨될 수도 있어서 그래."

"정말? 뭐 주는데?"

"있어. 엄청 비싼 거!"

"그래, 알았어. 아들이 건강도 신경 쓰고. 엄마가 열심히 알아봐 줄게."

"응!"

한시민의 충실한 애청자인 고등학생을 시작으로 시청자들이 하나둘 Fresh 음식을 구입하고 추천인을 입력했다.

찾아보니 꽤 괜찮은 기업에 알 만한 사람들은 다 사 먹는 회사!

명분도 괜찮고 마땅히 배달 음식만 시켜 먹기엔 건강이 염려되는 현실은 맞으니까.

좋은 게 좋은 거라고 이벤트에 참여하며 보상을 바랄 수도 있다.

대충 휴지 몇 개면 모르겠지만 걸려 있는 게 엄청났기에 파급력도 대단했다.

무려 13강 강화권!

한시민이 책임지고 13강까지 강화해 준다!

가장 많이 구매한 1인부터 많은 사람을 끌어들인 사람, 이런저런 조건으로 몇 개를 걸었기에 가능한 일.

밑져야 본전이라고 일단 사람들이 사게 된 이유. 무엇보다 시청자 수가 적기에 희망이 보이는 것이다.

'조금만 하면 당첨될 수도 있어.'

물론 대부분의 사람은 1등은 바라지도 않고 행운상을 노리고 있었다.

하나 어느 정도 자본이 받쳐 주고 판타스틱 월드를 즐기는 사람은 다르다.

"야, 너 프레쉬라고 알아?"

"웬 프레쉬?"

"너 만날 자취방에서 도시락만 사 먹지 말고 여기 시켜 먹어. 메뉴도 많고 재료도 신선하고 가격도 저렴하대."

"에이, 그런 거 다 닭가슴살 이런 거잖아."

"놉, 절대. 돈가스도 있고 별거 다 있다. 스테이크까지 있는데 무슨 소리야."

"헐, 정말? 그걸 다 배달해 준다고?"

"당근."

가진 거라곤 인맥뿐인 사람들은 연락을 돌렸다. 제안하기에 부담스러운 것도 아니고 그저 추천인에 자기 이름과 한시민을 써달라고 하면 그만이다. 평소 두터운 인연을 유지하고 있던 사람들에게도 괜찮은 이야기고.

본격적으로 이벤트에 참여하는 자들은 이런 식으로 전략적이었다. 물론 최종 보스를 이길 수는 없었지만.

한시민의 방송을 보는 자들은 적어도 돈보다 시간에 가치를 두는 유형.

몇 분이든 지루한 일상에 활력이 될 수 있다면 얼마든 투자할 준비가 되어 있고, 당연히 현실에서 꽤나 높은 자리에 있거나 돈을 많이 벌거나 영향력이 강한 경우가 대부분이었다.

개개인이 방송에서 이벤트 때문에 결단력 있게 움직인 것도 대단하지만 이들만 하랴.

"뭐야, 오늘 웬 이사 총회?"

"계열사까지 다 불렀는데?"

"뭔 일이래? 주주총회도 아니고."

"모르지. 그런데 회장님께서 갑자기 부르셨다니 대체 왜……."

어떤 대기업은 모든 계열사의 이사들이 소집되었다.

세계적으로 이름을 날리는 거대한 회사!

때아닌 소집에 어리둥절한 이사들이 긴장하며 회의장에 모였다.

회의가 시작되고 일어나는 회장!

"다름이 아니라 오늘은 직원 복지에 대해 의논을 하고자 합니다."

"……?"

"건강이 우선인 회사. 그동안 그것을 무엇보다 중요하다고 생각해 왔고 실천해 왔다고 생각합니다. 하지만 무엇보다 중요한 건 먹는 것."

무슨 말을 하려는 걸까.

이사들이 침을 삼키며 들었다.

굳이 자랑하지 않으려 해도 현재 그들의 회사는 복지가 더할 나위 없이 좋다. 다른 회사에서도 부러워하고 식사 역시 SNS를 타고 홍보가 될 정도로 훌륭하다.

그런데 여기서 더? 대체 왜?

직원이야 이유 없이 좋아라 하겠지만 이들은 이사!

무슨 일이든 돈이 들어간다는 것을 알기에 긴장할 수밖에 없다.

"오늘부터 모든 식재료를 믿을 만한 곳에서 공수하기로 했습니다. 또한 직원들의 간식 또한 이곳에서 준비해 마련할 테니 모든 계열사는 다음 주 이내로 적용할 수 있도록 조치를 취해주시기 바랍니다."

하나 이유 따윈 없었다.

결정과 통보!

반박도 없었다. 딱히 부당한 게 아니었으니까.

물론 뒷돈을 받은 게 아닐까 싶을 정도로 갑작스러운 일이지만 무려 회장이다. 회장이 해 처먹으려면 더 많은 걸 해먹었겠지 고작 식재료 정도일까.

대부분은 고개를 끄덕였다.

하지만 몇몇은 입을 떡하니 벌렸다.

'역시 회장님 클라스……'

'회장님도 방송을 보시고 계셨다니.'

그들 역시 이벤트에 참여해 당첨되어 보겠다고 노력하고 있었지만 그 순간 방향을 틀 수밖에 없었다.

이런 일들이 하나하나 모여서 수천 명에 의해 각지에 프레쉬라는 이름이 퍼지기 시작했다.

4

미비했지만 눈에 띄었다.

이 두 가지 상반되는 단어가 같이 쓰이는 일은 흔치 않고 또 말도 안 되지만 어쩌겠나, 실제로 벌어졌는데.

"팀장님, 큰일 났습니다."

"나도 보고 있어."

"이거 정말 인센티브 줘야 하는 거 아닙니까?"

"……"

그러게 말이다.

시민이라는 이름으로 들어오는 엄청난 주문량.

사실 조건을 추가할 때 마케팅 팀장은 별 기대 않았다. 어디까지나 한시민이 그들의 광고 대행 채널 관리자로 뽑힐 수 있었던 이유는 그가 보유한 구매력 있고 행동력 있는 시청자 덕분이지 다른 방송 채널과 비교하면 시청자 수는 한없이 부족했으니까.

해서 조건을 높게 잡았다. 물론 보상도 높게 잡았고.

그 당시에야 법조인들이 눈을 시퍼렇게 뜨고 있고 어차피 달성하지도 못할 조건이기에 '그래, 어디 한번 해봐라. 진짜 하면 우리가 이익이고 뭐고 남기지 않고 너한테 다 주겠다'식 으로 계약했었는데…….

"미치겠네."

좋으면서도 찝찝한 이 느낌이란.

물론 회사 입장에서 당장 이익이 남지 않더라도 이런 식으로 대기업과의 장기 계약을 대량으로 맺는 게 훨씬 좋긴 하다.

그렇다고 손해를 보는 것도 아니고 계약을 통해 또 다른 마케팅을 할 수도' 있고 굳이 홍보하지 않는다 해도 대기업에서 식재료로 전격 사용된다는 타이틀은 화제가 되어 사람들에게 널리 알려질 테니까.

그로 인해 파생되는 수익?

한시민에게 줄 막대한 인센티브와는 비교도 되지 않을 것이다.

그렇게 되면 다른 지점들과 본사에 비해 규모가 작고 매출

이 적었던 프레쉬 코리아는 성장하게 될 테고 본사에서도 관심을 갖고 지켜보게 되며 그는 곧 마케팅 팀장의 연봉 상승 혹은 승진과 같은 출세의 지름길이 열린다는 뜻!

그래서 좋았다.

그때 만에 하나의 상황을 가정하고 인센티브를 조금만 줄였으면 어떨까 하는 찜찜함 따위는 지워 버렸다. 그래도 여기가 한계일 테니까.

'설마 여기서 더 오르겠어?'

운이 좋았을 뿐이다.

누가 감히 예상했겠는가. 수천 명 보는 방송, 그것도 게임을 방송하는 개인 채널에 대기업 회장이 있었을지.

"딱 마지노선입니다, 팀장님."

"괜찮아. 그거만 안 넘기면 돼."

인센티브는 판매량이 급증하면 할수록 어마무시하게 는다.

그 말인즉, 정말 한시민의 이름으로 이런 식의 주문이 열 번만 더 들어오면 벌어들이는 수익이고 뭐고 전부 한시민에게 갈 수도 있다는 뜻!

거기까지면 괜찮은데 거기서 더 가면 많이 팔면 팔수록 회사의 손해로 이어지게 된다.

"……."

그래, 말도 안 되는 말이다. 회사 입장에서 절대 해선 안 되는 계약이고.

하나 누구라도 쉽게 비난을 할 수는 없을 것이다.

누가 상상이나 했겠는가. 일개 개인이 그저 천 단위의 사람들에게 홍보 정도만 됐으면 좋겠다는 바람으로 넣은 광고가 이런 파장을 불러일으킬지.

마케팅 팀장은 애써 고개를 저었다.

최악의 상황은 가정하지 말자. 그래, 세상에 이런 행운이 연달아 터질 리 없잖아?

무명 감독이 만든 독립 영화가 하루아침에 입소문을 타고 어쩌다 백만 관객은 찍을 수 있어도 태생적으로 상업 영화와는 진입 장벽이 있기에 천만을 찍지 못하는 것처럼.

그렇게 믿었다. 믿고 싶었다.

그리고 그의 바람대로 흘러가는 듯했다.

며칠 동안 한시민의 그래프는 일정 주기를 유지할 뿐, 치고 나가지 못했다.

"휴."

딱 안도의 한숨을 내쉴 그 며칠만.

한시민도 이런 식의 전개는 예상하지 못했다. 인센티브를 노리고 이벤트를 건 건 맞지만 기껏해야 수천 명이 팔아봐야 얼마나 팔겠냐는 생각은 그 역시 하고 있었으니까.

게다가 하루 종일 죽치고 방송 켜질 때까지 기다리고 있는 게 시청자라는 당당한 편견마저 가지고 있었고.

'그래 봐야 잘 사는 급식이나 학식이겠지.'

아주 자기중심적인 세계관!

그렇기에 그는 시청자들이 아닌 다른 타깃을 노리고 조건을 걸었었다.

한데 일이 터졌고.

"뭐야, 이거."

산성 정도의 대기업이면 당연히 이런 일에 대한 기사가 난다. 한시민은 굳이 찾아볼 정도로 현실에 관심은 없지만 강예슬이 기사를 캡처해 보내주었기에 볼 수 있었다.

"얘네 왜 이래?"

"산성 회장이 오빠 방송 보나 봐."

"할 일 없는 아저씬가 보네."

"……."

그 아저씨가 할 일이 없으면 다른 사람들은 다 나가 죽어야지.

대꾸할 가치도 없는 말에 고개를 저으며 물었다.

"오빠, 그런데 이벤트 보상 너무 짠 거 아니야?"

"뭐가?"

"아니, 적어도 14강은 해야 그래도 참여할 맛이 좀 날 거 같은데."

사냥을 나갔던 스페셜리스트가 돌아온 이유!

그들 역시 이벤트를 노리는 것.

다만 이벤트 개최자와 직접적인 대화를 나눌 수 있는 그들은 적당히 간을 보기 시작했다. 평소에 생각 없이 말을 내뱉기로 유명한 강예슬이 대표로.

"그치? 그래서 부르려고 했는데 때마침 다 오셨네."

"엥?"

"여기 좀 앉아봐. 설아 씨랑 현수 형도 앉으세요. 제안할 게 있으니."

"......?"

하지만 만반의 준비고 뭐고 기다렸다는 듯 자리에 앉히는 모습에 당황할 수밖에 없었다.

이거 왜 이래?

불안함이 슬금슬금 기어 올라온다.

이건 마치…….

"이번에 보셨죠? 제 방송에 광고 20초짜리 하나 넣고 프레쉬가 얻고 있는 광고 효과?"

"......?"

"약 파나?"

"어허! 약이라뇨. 합리적인 제안을 하고 있는 거죠."

설계를 하려다 역으로 걸린 느낌적인 느낌.

"사실 예전부터 제안하고 싶었는데 이게 또 안 되면 아는 사람끼리 미안하기도 하고, 돈 문제가 걸려 있다 보니까 찝찝해질 거 같기도 해서 말씀 안 드렸는데 이제야 속 시원히 말할 수 있을 거 같네요."

한 푼이라도 더 벌 수 있으면 친구고 뭐고 냉정히 대할 수 있는 철면피가 감정을 실어 말했다.

"제가 이제 한신그룹하고 정예그룹 광고를 넣을 준비가 됐습니다."

"……예?"

"내가 잘못 들은 건가?"

"넣게 해주세요가 아니라 넣을 준비가 됐습니다?"

"네! 맞습니다. 페이 협상은 프레쉬 광고를 통해 오른 제 몸값을 고려해 잘 쳐주시리라 믿고 깔끔하게 넣어드리겠습니다."

적반하장을 뛰어넘은 똥배짱!

셋은 할 말을 잃었다.

이건 뭐라고 표현해야 하지. 강매하는 것도 아니고 부탁하는 것도 아니고 염치가 없는 것도 아니고. 아닌가, 전부인가.

그렇게 넋을 놓고 뭐라 대답해야 할지 고민하는 사이 한시민이 웃었다.

"하하하! 아니, 농담이에요. 농담. 우리 사이에 농담도 못 해요?"

"……."

"전혀 농담 같지 않았는데."

"맞아, 오빠. 그거 완전 진담 같았어."

뜨끔하는 몸.

하지만 개의치 않고 진짜 본론을 꺼낸다.

"사실 부탁하는 거예요. 광고 좀 넣어달라고. 요즘 먹고살기가 좀 힘들잖아요? 돈 생기면 다 빼액이 그 새끼가 처먹고, 영지가 처먹고. 이런 식으로라도 돈을 벌어야죠. 물론 그냥 받아먹긴 조금 미안하니 따로 제가 드릴 수 있는 걸 드릴게요."

진지하게 하는 말에 경청하는 셋. 본능적으로 그게 무엇을 의미하는지 짐작했기 때문!

"14강 강화권. 어때요? 광고 계약 맺으면 세 분껜 특별히 이벤트 당첨 시 +1강씩 더 해드릴게요."

"……!"

그리고 그 짐작은 맞았다. 씨알도 먹히지 않을 것 같던 셋에게 묘한 변화가 일어났다.

'14강?'

결코 쉬운 게 아니다.

물론 그들은 한시민이 특별히 명당 혜택을 주고 강화를 해주고는 있지만 그것도 어느 정도지 슬슬 15강 물량을 조절해야겠다고 다짐한 이후 13강 이상 하기도 벅차다.

할 수야 있겠지. 다만 얼마가 들지 확신할 수 없을 뿐.

그런 상황에서 14강을 공짜로 해준다?

물론 그 공짜가, 공짜가 아니지만 원래 인간이란 이기적인 동물!

이미 산성 회장이 어떤 식으로 이벤트에 참여하면 되는지 보여주지 않았는가.

거기에 메인 퀘스트 2막을 마무리 짓기 위해 구입한 몇 가지 좋은 아이템들의 강화 상태가 별로라는 점이 덧씌워졌다.

"콜!"

정설아가 외쳤다. 그러곤 사라졌다.

로그아웃. 그게 의미하는 바는 하나였다.

"아씨, 언니 치사하게."

정현수와 강예슬의 참여. 인센티브 조건을 내건 진짜 이유들의 참여를 유도한 한시민이 만족스럽게 웃었다.

물 들어올 때 노 저어라.

어디서 기어들어 온 행운이 발판을 깔아주었으니 어쩌면 생각했던 것보다 훨씬 더 많은 수익을 챙길 수도 있을 것만 같았다.

하위 1%의 날갯짓은 묻히지만 상위 1%의 날갯짓은 모두가 본다.

동시에 희망한다.

나도 저렇게 날갯짓하고 싶다.

저들의 날갯짓은 무슨 의미가 있을까. 혹시 저기까지 올라갈 수 있게 된 원동력이 아닐까.

그렇게 따라 한다. 닿지 못하는 곳에 닿을 수 있는 유일한 공통점이 될 수 있지 않을까 싶어서.

그리고 그게 하나둘, 점차 많아지다 보면 사회적인 분위기로 굳혀진다.

프레쉬가 그랬다.

처음엔 산성, 그다음엔 정예, 그리고 한신그룹까지.

세계로 뻗어 나가 대한민국의 이름을 드날리는 대표적인 대기업 세 개가 하루아침에 사내에 사용되는 모든 식재료 공급처를 프레쉬로 바꿨다.

이유도 간단했다. 직원들의 건강을 챙기기 위해.

뻔한 이유고 핑계 대기에도 딱 좋지만 당장 추진한 회장들부터 실제로 프레쉬 음식을 집에서 먹고 있다는 점 역시 기사를 통해 나가면서 화제가 되었다.

그러자 가장 먼저 유행에 민감한 2, 30대가 반응했다.

그들은 사회를 이끌어 나가는 세대. 큰 변화를 만들어낼 힘은 없지만 가장 먼저 그들의 집안의 재료들이 변했다.

한 시민의 이벤트?

이벤트는커녕 판타스틱 월드에 관심도 없는 사람도 많았다.

그러자 그 변화는 5, 60대에게 옮겨졌다. 대부분의 2, 30대 자녀를 둔 부모들!

그들은 사회를 이끌었고 현재 대부분 높은 곳에서 여전히 사회를 운영하고 있는 자들이다. 대기업 회장 같은 사람은 극소수지만 적어도 임원급들은 건의를 했다.

"요즘 사회 분위기가 이런데 우리도 바꿔보는 게 어떨까요."

직원 복지는 곧 회사의 성장.

사회 전반적으로 그런 분위기가 형성되자 프레쉬의 위상은 하늘을 뚫다 못해 우주로 향했다. 이를 놓치지 않고 기사와 방송 등등 홍보에 돈을 쏟아붓는 그들의 노력도 한몫했다.

불과 한 달도 안 되는 시간 동안 프레쉬는 아는 사람만 먹는 신선한 재료를 파는 회사에서 건강을 챙기는 사람이라면, 직원들의 복지를 생각하는 회사라면 꼭 사 먹어야 하는 회사로 거듭났다.

SNS의 힘!

거기에 더해진 대기업의 변화.

프레쉬의 모든 직원이 웃었다.

한 명만 빼고.

"……난 죽었다."

들어오는 돈도 엄청나지만 일개 개인에게 나갈 인센티브도 억 소리를 넘어 눈앞이 아득해질 정도다.

반응이 너무 좋아 최악의 상황처럼 벌어들이는 것보다 나가는 게 많아지는 상황은 벌어지지 않아 다행이지만 그건 어디까지나 그만의 생각!

회사에서 과연 이토록 많은 지출을 허용해 줄까.

아니, 이미 계약서에 도장 찍었고 위에서도 허락해 준 일이니 돈은 나갈 것이다. 다만 까일 뿐이지.

"휴."

그래도 이력서에 한 줄 정도 적을 일은 하고 나갈 수 있겠구나.

좌절하는 그에게 뜻밖의 행운이 내려왔다.

"수고했습니다. 팀장, 아니, 이제 부장이라고 해야 하나?"

승진과 특별 보너스!

"나간 돈은 많지만 그보다 값진 한국 시장에서의 성공을 이렇게 빨리 얻을 줄이야. 앞으로도 좋은 마케팅 부탁해요. 아! 인센티브 같은 계약은 빼고."

대기업들이 그를 살렸다.

5

때아닌 프레쉬 열풍이 지나간 뒤였지만 판타스틱 월드에는 별다른 변화가 없었다. 건강이야 현실에서나 챙기는 거지 판타스틱 월드에서 비만이나 지방 때문에 스탯 떨어질 걸 걱정하는 사람은 없으니까.

게다가 하루 16시간 이상 게임 하는 골수 유저들에겐 그리 중요한 문제도 아니다. 가끔 들리는 현실에서 먹던 음식의 변화를 신경 쓰는 사람은 거의 없기에.

하나 한시민의 방송은 조금 달라졌다.

-ㅍㄹㅅㅍㄹㅅ!
-ㅍㄹㅅㅍㄹㅅ!
-님들 뭐 함?
-뭐 하는 거임?
-ㅌㅂㄴㅎㅅㅈㅈ
-ㅈㄷㅊㄴㅈㅇ

입장과 동시에 흘러나오는 광고에 리듬을 맞추는 시청자들!

화제가 되어 궁금증에 방송을 보러 온 사람들에겐 생소한 광경일 수밖에 없다.

-제발 누가 설명 좀.
-그냥 광고 노래 따라 하는 거예요.

－ㅍㄹㅅㅍㄹㅅ=프레쉬프레쉬, ㅌㅂㄴㅎㅅㅈㅈ=티비는한신전자, ㅈㄷㅊㄴㅈㅇ=자동차는정예, 이거임. 이 방송 보려면 알아두셈.

다행히 시청자들은 뉴비들에게 관대했다.

어차피 모두 10만 원씩 내고 방송 보는 호갱들이지 않겠는가!

절대 갑인 한시민의 콧바람 한 번에 강퇴당할 운명이지만 그 속에서 깨알 같은 행복이나마 찾아야지.

이런 분위기는 갓 입문한 시청자들의 적응을 도왔다.

－ㅋㅋㅋㅋㅋㅋ개웃김. ㅍㄹㅅㅍㄹㅅ!

－다 같이 따라 하니까 웃기긴 하네.

－지금은 덜한 거임. 방송 켜질 때 알람 맞춰놓고 와보셈. 가관이 따로 없어요.

－그런데 왜 따라 하는 거예요?

그리고 언제나 등장하는 질문!

몇 번을 답해주고 답해줘도 계속해서 나온다.

대부분은 귀찮아서 무시하시만 그래도 다른 사람들에게 친절을 베풀며 살아가는 몇몇 사람이 있다.

－지겹잖아요. 10만 원 내고 들어와서 60초나 광고 보고 앉아 있으

려면. 이런 식으로 시청자들끼리 친해지면서 빌어먹을 방장 새끼가 소통하지도 않는 거 극복해야죠. 뭐 어쩌겠어요. 그래도 방송은 재밌

-'행운전도사' 님께서 강제 퇴장 당하셨습니다.

-쯧쯧, 오늘도 팩트로 사람 패다 한 분 가십니다.
-내가 이래서 설명 안 함. 어제부터인가 팩트 폭행하는 사람들 다 가더라.
-뉴비들 그냥 눈치껏 적응해라. 그게 멘탈에 좋음.

그마저도 통제에 들어갔지만.
어쨌든 덕분에 시청자는 늘었다. 더 이상 용돈 벌이 수준이 아니게 된 한시민도 방송을 자주 틀었고.
"오늘은 사냥 방송합니다."

-오! 대박. 사냥은 어떨까.
-스페셜리스트랑 같이 하는 거임? 와, 레벨 랭킹 1, 2, 3등은 어떻게 사냥하나 궁금했는데.

그렇다고 전문적으로 시작했다는 뜻은 아니다. 그의 능력은 일정 선 이상 보여주지 않는 게 좋았고 마찬가지로 소수 정예 길

드의 정보를 막 흘리고 다니는 멍청한 짓은 할 리가 없으니까.

"광고 보고 30분 사냥하고 끌게요."

어디까지나 용돈 벌이다.

거기서 끝.

하지만 맛보기 식의 방송이 시청자들에겐 더 큰 감칠맛을 주었다. 그리고 그건 곧 기형적인 채팅 문화를 자아냈다.

―광고 보자.

―광고 보자.

―빨리 보자.

다른 방송에선 감히 상상도 할 수 없는 현상.

단 1초라도 시청자들에게 신경을 쓰지 않으면 뿔이 나는 다혈질 시청자들이 유독 한시민의 방송에선 모두 온순한 양이 되었다. 그리고 또다시 재생되는 20초짜리 광고 3개.

인센티브 조항은 마케팅 팀장이 빌고 또 빌어 얼마의 돈을 더 받고 삭제해 준 대신 넣은 또 다른 조건.

방송 도중 광고 노출량에 대한 추가 수익을 보장해 달라.

기존 스트리밍 사이트에서도 진행되던 조건이라 쉽게 받아들여졌고 한시민은 틈만 나면 광고를 틀어댔다.

이제는 게임을 위한 방송인지 광고를 위한 방송인지 헷갈리는 상황!

"익스플로젼!"

"석화! 쇠약! 나약!"

"방패 치기!"

그럼에도 벗어날 수 없는 건 역시 그 매력 때문.

고작 10분을 보더라도 돈이 아깝지 않다. 판타스틱 월드 그 어디에서도 찾아볼 수 없는 플레이의 향연이기에.

—어맛! 이건 꼭 봐야 해.

—방장님, 광고 몇 개 더 넣으시고 제발 방송 좀 자주 하세요.

—ㄹㅇ 20개까지 넣어도 매일 해준다면 보러 올게요. ㅠㅠㅠㅠㅠ ㅠㅠ 제발 방송 좀 자주해. 슈벌탱.

충성스러운 시청자들이 늘어날수록 한시민의 방송 빈도는 오히려 줄었다.

"원래 어장에 들어온 물고기에겐 밥을 주지 않는 법!"

말도 안 되는 논리를 갖다 붙이며.

6

이벤트의 승자는 의외로 정현수였다.

"그러게 평소에 인맥 관리 좀 했어야지."

"……."

"……."

그래도 정예그룹을 이어받을 장남이자 그나마 현실에서 다른 재벌들과의 인맥을 잘 관리해 왔던 그에게 사회 전반적인 분위기 변화를 이용해 기업들에게 추천인 입력 정도 부탁하는 건 어렵지 않았으니까. 부탁받는 입장에서도 차기 정예그룹 회장이 될 정현수의 부탁을 마다할 이유도 없고.

그런 식으로 14강 강화권을 딴 정현수는 회심의 미소를 지었다.

드디어 때가 왔다.

"이거 강화해 줘."

[정의의 엠블럼]

* 등급: Unique

* 착용 레벨: 60

* 방어력: 40

* 옵션 1: 수호하는 대상의 수에 따라 방어력 증가

* 옵션 2: 수호하는 대상들의 체력 +10%

"헐, 이거 대체 어디서 구하셨어요?"

"훗."

"와, 오빠 대박이네. 몰래 혼자 이런 거 구하고."

어깨를 추켜세우는 정현수가 질투에도 꿈쩍 않았다.

"오빠, 14강 나 주면 안 돼?"

"안 돼."

정설아의 서글픈 눈빛에도 흔들리지 않았다.

지금 그의 목적은 단 하나! 14강 엠블럼을 갑옷에 다는 것!

"뭐, 일단 해드리기로 했으니 해드릴게요. 설아 씨랑 예슬이 너도 강화할 거 줘."

"쳇."

다른 걸로 당첨돼 13강까지는 할 수 있음에도 아쉬운 건 아쉬운 것!

13강과 14강의 차이는 굳이 말로 표현하지 않아도 알 수 있으니.

강화할 것들을 챙긴 한시민이 움직였다. 빠르게 해치우고 그 역시 할 일이 있다.

'돌아다니면서 네임드 몬스터들 좀 잡아야지.'

드랍 아이템을 구했으니 써먹어야 하지 않겠는가!

게다가 요즘은 딱히 강화로 돈을 번 기억이 없다.

원래 그의 목표가 온몸에 다른 사람들은 갖지 못한 아이템들을 15강으로 고강화 도배를 한 뒤 그것들을 팔아 인생 한 방을 터뜨리는 것이었다. 원래 목표를 이루려 시간을 투자해야 할 때가 된 것.

축복의 반지 같은 아이템을 구하기 위해선 마냥 매미 같은 알바나 해서 될 일도 아니고.

그도 슬슬 성장할 생각이었다. 스페셜리스트가 들으면 인상을 잔뜩 찌푸리며 반발할 생각이지만.

"가자! 빼액아!"

계획을 세우고 움직이는 그의 외침이 허공에 메아리쳤다. 아쉽게도 돌아오는 반응은 없었다.

"……응?"

그걸 깨달은 한시민이 멈칫했다. 시선이 절로 왼쪽 어깨를 향한다. 있어야 할 황금빛 새가 없다.

뭐지?

기억을 조심스레 더듬는다.

얘가 어디 갔을까. 언제부터 없었지?

나름 살아 있는 생물이고 또 태생이 드래곤이다 보니 언제까지 그의 어깨에서 하루 종일 빼액 대야 한다는 보장은 없지만 그래도 있어야 할 곳에 없고 필요할 때 없다니!

'설마 도망친 건 아니겠지?'

그런 최악의 상황까지 가정하게 된다.

불안함에 서둘러 떠올렸다. 언제부터 없었을까.

"아!"

그리고 떠올랐다. 그때의 기억이.

"……내가 보냈네."

공주의 성년식을 위해 제국으로 향하던 길. 수도에 도착하자마자 빼액이에게 말했었지.

"넌 황제한테 눈에 띄어서 좋을 게 단 하나도 없으니까 어디 가서 오크나 잡아먹으면서 시간 보내다가 영지로 와. 알겠지?"

그게 벌써 몇 주 전이구나. 다행히 혼자 도망친 건 아니네.

"그런데 왜 안 와?"

명색이 드래곤인데 어디서 두드려 맞고 죽었을 리는 없고.

죽었다면 아마 빼액이에 대한 정보가 홀로그램에서 삭제되었겠지.

"흠."

죽진 않았으리란 생각에 마음은 놓였지만 막막하기 그지없었다.

별 신경 쓰지 않았을 때야 그렇다 쳐도 막상 생각나니 거슬리네. 벌써 돈을 수십억 처먹은 새가 언제 올지 마냥 기다려야 하다니. 이렇게 드넓은 대륙에서 어디 있는 줄 알고 찾으러 갈 수도 없는 노릇이고.

"어쩔 수 없지."

비장의 카드를 쓰는 수밖에.

"소환!"

"빼애액!"

레전더리 테이머에게 주어진 특권!

비록 쿨타임이 72시간이지만 알 바인가.

"야, 인마. 어디 갔다가 오지도 않아?"

"빼애액!"

금덩이가 돌아왔다는 게 중요하지.

"……엥? 너 그거 입에 문 거 뭐냐?"

"빼!"

진짜 금덩이를 물고 말이야.

한시민의 눈동자가 번쩍였다. 황금빛으로.

빼액이는 성장을 하고 싶었다. 주인의 어깨에서 편히 쉬며 애교를 부리는 것도 좋지만 그 속에 내재되어 있는 본능은 하루 빨리 본모습을 되찾고 싶다는 말을 해왔으니까.

하나 아쉽게도 주인은 골드를 많이 챙겨주지 못했다. 아니, 인간의 기준으로, 알에서 부화한 뒤 지켜본 기준으론 많은 금을 먹여주었지만 더 이상 성장을 위한 금은 없었다.

아쉬웠다. 그리고 갈증이 났다.

주인님을 위한 버프도 납득할 수 있지만 그래도 하루 빨리 커져 주인님을 지켜주고 싶었다.

"가서 놀다가 돌아와. 알겠지? 도망가면 아주 그냥 누구 하나 죽을 때까지 추격전 하는 거야. 나 상당히 질척거리는 남자니까 꼭 돌아와야 해?"

"빼액!"

그러던 차에 자유 시간이 생겼다. 태어나서 처음으로 홀로 미지의 세계를 돌아다닌다는 것에 부담이 느껴졌지만 그래도 골드 드래곤인 빼액이는 용기를 내 날갯짓했다.

목표는 몬스터들!

물론 먹기 위함이 아니다. 골드 드래곤은 오로지 골드만을 먹는다. 해서 빼액이가 노리는 건 금이었다.

"빼애애액!"

"키에엑!"

"키킥!"

고블린부터 시작해 오크 등등!

거대한 매로 변신한 빼액이의 눈에 어지간히 만만해 보인다 싶으면 일단 내려가 쪼면서 협박부터 하고 본다. 태어나서 지금껏 본 게 그것뿐이라 어쩔 수 없는 행동.

얼마 갖고 있지도 않은 쇠붙이들을 몬스터들은 가지고 올 수밖에 없었고 가끔가다 박혀 있는 금조각들을 먹으며 삐액이는 행복해했다.

"삐액!"

하지만 그것도 잠시.

그런 것들론 배가 차지 않는다. 차라리 주인님의 어깨에서 애교부리다 하나씩 먹는 동전이 더 가치가 있었다.

이래선 안 된다. 주인님께 부담이 되지 않으면서 금을 구해보자!

삐액이의 여정은 그때부터 시작됐다. 영지로 돌아가야겠다는 생각 따위는 까맣게 잊은 채 한참을 날아 대륙을 횡단했다.

아직 본체만큼 커지진 못했기에 며칠 비행하다 쉬고 며칠 비행하다 쉬고를 반복했지만 결국 찾아냈다. 하늘 높은 곳에서 맡아내고야 말았다.

짙은 금 냄새!

"삐애애액!"

그곳은 숨겨져 있는 광산이었다.

어마어마한 산들로 가려져 있고 무시무시한 몬스터들을 뚫고 지나가야 발견할 수 있다.

골드 드래곤의 금 냄새 맡는 후각이 아니었으면 찾지도 못했을 곳!

침을 삼키며 빼액이가 몸을 줄였다. 작은 새의 모습으로 몰래 금광으로 진입했다.

"삐액!"

금광엔 금이 가득했다.

누구의 손도 타지 않은 순수한 금광!

캐야겠지만 그런 것쯤은 문제가 되지 않는다.

잠깐의 고생과 보상!

그렇게 금을 한입 베어 무는 순간.

팟—

"삐애애애액!"

알 수 없는 힘이 그를 집어삼켰다. 그리고 반가운 주인의 얼굴이 보였다.

그런 그가 말했다.

"안내해, 인마."

Episode 26.

스까 묵자

1

"빼애액!"

"그러니까, 이걸 잔뜩 가지고 있는 놈들이 있다 이거지?"

"빼액! 빼액!"

"그래, 알았으니까 빨리 안내해. 인마."

답답한 듯 소리치지만 빼액이의 말을 알아들을 수 있을 리가 없다. 빼액이야 주인의 말을 알아듣지만.

하지만 그딴 건 중요하지 않다. 중요한 건 당장 빼액이의 입에 가져다가 팔면 꽤 많은 돈이 나올 금덩이가 물려 있었다는 것과 지금까지 행방이 묘연했던 이놈이 금을 물고 있었다는 뜻은 이걸 구할 장소를 찾았다는 것이니까.

"가자, 빨리. 영지면 영지전 걸어서 털어오고 몬스터들이면 싹 쓸어버리고 다 가져오자. 흐흐."

금이다! 금!

이번 광고에 인센티브까지 무려 30억이 넘는 돈을 벌었음에도 눈이 뒤집혔다.

돈에 대한 아주 긍정적이고 바람직한 가치관! 이미 들어온 돈은 내 돈이고 남의 돈은 가져와야 한다!

"빼애액!"

그게 아니라고, 이걸 주워온 곳은 금광이라고 외치는 빼액이의 진심은 그렇게 무시당했다. 물론 앞으로 벌어질 일에 대한 결과는 크게 변하지 않을 테지만.

어쨌든 금을 오물오물 문 채 날아오른 빼액이가 기분 좋게 울었다.

혼자 금광을 독식하고 주인에게 깜짝 등장하는 건 물 건너 갔지만 그래도 돈이라면 환장하는 주인이 금광을 보면 그를 많이 예뻐해 줄 테니까. 지금껏 그래 왔듯 거기 있는 금은 당연히 그에게 줄 테고.

마음 같아선 전부 성장하는 데 쓰고 싶지만 그 정도는 양보하기로 했다. 그래도 주인이니까!

주인님이 강해지는 것도 빼액이에겐 하나의 행복!

"빼애애액!"

세상 물정 하나도 모르는 순진한 새 한 마리가 제 발로 도둑놈에게 금광까지 안내했다.

그 무렵, 스페셜리스트에게도 마지막 단서가 주어졌다.

"북쪽 숲을 넘어가면 기나긴 산맥이 나올 겁니다. 그곳에 과거 마계와 대륙을 이어주었던 게이트의 잔재가 남아 있다지요. 아마 거기서 나오는 마력이 몬스터들을 흉폭하게 만들고 돌연변이가 나타나게 되는 원인이 아닐까 싶습니다."

60레벨을 넘긴 시점에서 도전해 볼 때가 되었다. 아직 한시민에게 맡긴 아이템들이 오지는 않았지만.

"일단 거기서 사냥하면서 단서를 모으자."

퀘스트가 주어진다고 무작정 달려가 보스 몬스터를 때려잡는 게임은 머릿속에서 사라진 지 오래다.

단서가 주어졌어도 그곳의 지리를 익히고 살고 있는 몬스터들의 특성을 공부하고 어떤 식으로 적응해야 필요한 경험치도 얻을 수 있는지, 아니, 가장 먼저 어디서 숙박해야 그나마 잘 수 있는 몇 시간이라도 안전할 수 있는지부터 확인해야 하는 게임!

당연히 하루라도 먼저 움직이는 쪽에게 유리할 수밖에 없다.

지금까지야 레벨의 부족으로 인해 망설였지만 60이면 충분하다.

"거기서 65, 길면 70까지 찍자."

한 달, 어쩌면 두세 달까지 계획을 잡는다.

레벨이 올라갈수록 획득하는 경험치가 마음에 차지 않으리란 걱정은 않아도 된다. 1년을 죽치고 사냥해 100레벨을 찍어도 그곳의 몬스터들 경험치는 차고 넘칠 테니까.

소모품들을 정비한 뒤 움직였다.

긴장이 가득한 발걸음은 이제야 익숙해지고 적응이 된 숲을 그대로 가로질렀다.

침이 절로 삼켜진다.

어떨까. 적응된 숲조차도 가끔 몬스터들이 우르르 몰려오면 뒤도 돌아보지 않은 채 도망쳐야 할 정도로 위험천만한 곳인데. 그보다 먼 곳, 북부 미지의 땅을 지키는 수호신 같은 산맥엔 무엇이 있을까.

걱정과 동시에 흥분됐다. 기대됐고 행복했다.

현실에서는 결코 누구도 이루지 못할 업적.

유저 중 최초로 미개척된 땅을 밟을 수 있다는 기분이란!

콜럼버스가 이런 느낌이었겠지.

이런 걸 위해 게임을 시작한 정설아가 웃었다.

한 발자국, 한 발자국이 눈 온 다음 날 누구도 새기지 못한 발걸음을 내딛는 것만 같았다.

"이번엔 무조건 다른 길드들보다 빠르게 적응하고 공략해야 해."

"당연하지."

켄지 길드 역시 60레벨을 기점으로 움직이리라.

이제 57레벨. 대략 2주에서 3주면 넘어올 것이라 가정하면 시간이 많지 않다.

최소한 적응한 뒤, 그들 뒤에 들어오는 놈들을 먼저 적응한 이점을 이용해 몰아낼 정도가 되어야 한다.

해서 감상은 그만두고 다시 냉철한 정설아로 돌아왔다.

이 정도면 충분하다. 새로운 지역에 첫 발자국을 내디던 것만으로도 켄지 길드의 약을 올리기에는.

하나 그녀는 몰랐다. 미지의 땅을 가로막고 있는 미지의 산맥에 발자국을 남기지 않고 하늘로 유유히 날아간 이가 있다는 것을.

2

"와, 씨. 이거 뭐야."

상공을 유유히 한참을 날아가다 마주친 거대한 안개는 끝날 줄을 몰랐다.

자연스럽게 시야가 가려지니 빼액이의 목덜미를 더 세게 끌어안을 수밖에 없었고 그럼에도 한 치 앞도 보이지 않는 시야는 내가 날고 있는 건지 떨어지고 있는 건지 헷갈리게 만들 정도!

"야, 빼액아. 잘 가고 있는 거 맞지?"

"빼애액!"

"너 이 새끼, 지금 내가 구박 좀 했다고 나 죽이려고 이상한 데 데려가는 거 아냐?"

"빼액!"

"아니, 시바. 빼액만 하지 말고 말을 좀 해봐!"

"빼애애애액!"

그래도 다행인 건 귓가에 아직은 살아 있다는 증거가 계속해서 들려오는 것.

"아오, 나 고소공포증인데."

"빼액!"

무섭다고 뛰어내릴 수도 없고 이제 와 돌아가기엔 빼액이가 물고 있던 금덩이의 크기가 심상치 않다.

무슨 손톱만 한 금도 아니고 머리통만 한 금덩이가 다 있단 말인가!

웬만하면 상대하기 쉬운 NPC 쪽이었으면 하는 바람이 컸지만 주위의 환경이 이런 걸 보면 아마 100% 몬스터 쪽이라

예상이 되었다.

"휴, 인생."

돈 벌기가 이렇게 어렵구나. 그래도 물 들어올 때 많이 벌어놔야지.

광고에 인센티브에 금광까지. 이거 잘만 이어가면 정말 평생 노후 보장을 받을 수 있을지도 모른다.

그래서 참았다. 두 눈 꼭 감고.

감으나 안 감으나 안 보이는 건 매한가지지만.

"빼액!"

그렇게 한참을 날아가다 빼액이의 외침이 들려와 눈을 뜨니 시야를 가리던 안개는 사라진 상태였다.

"와!"

대신 보이는 엄청난 산들!

바위로만 이루어진 산맥부터 나무들이 우거진 산맥까지.

신기한 건 온갖 오색빛깔 잎들이 알록달록 중구난방으로 보인다는 것이다.

"……여기 어디냐."

당연히 한시민은 그런 감상에 빠지는 위인이 아니다.

현실에서는 일어날 수 없는, 아니, 대륙에서도 쉽게 보지 못한 광경에 감격하기보단 현실적으로 그에게 닥친 위기가 어떤 종류의 것인가부터 판단하게 된다.

"시바, 좆된 거 같은데."

상식적으로 생각해도 그렇다.

산맥이면 산들이 이어진 맥이라는 뜻인데 이렇게 개연성 없이 저들 마음대로 늘어져 있는 게 말이나 되나.

사람으로 따지면 한쪽 팔은 검은색 피부고 한쪽 팔은 백색에 다리엔 발가락이 4개인 곳과 8개인 곳이 있다는 뜻인데.

무엇보다 불안한 건 따로 있었다.

"안개가 사라진 게 아니었네."

고개를 들자 보이는 자욱한 안개.

눈을 떴을 때 안개가 보이지 않은 이유는 사라졌기 때문이 아니었다. 일정 고도 이하로 내려왔기 때문이지.

아마 일시적인 현상일 리는 없을 테고 사냥터 자체의 특색이라고 생각하면 답은 간단해진다.

"무지막지하게 레벨이 높은 사냥터겠네."

판타스틱 월드가 제아무리 다른 게임들과 격을 달리한다해도 결국 게임이다. 컴퓨터 게임에서 안개로 둘러싸인 지역하면 일단 난이도가 상당하리란 생각부터 드는 것처럼 이곳역시 마찬가지겠지.

그나마 다행인 점이라면 밑으로 내려오면 시야는 보인다는 것 정도?

그것도 착각이라는 걸 얼마 지나지 않아 깨달았지만.

"일정 시간만 보이는 거였냐."

정확한 시간은 재지 않았지만 안개는 바닥까지 자욱하게 내려왔다가 또 일정 시간 지나면 올라간다.

금이고 뭐고 어쩌면 여기서 죽고 귀중한 아이템 하나 떨어뜨릴지도 모른다는 생각에 몸을 숨기고 관찰해 본 결과!

재빠르게 각을 쟀다. 동시에 작은 새로 돌아온 삐액이에게 시선을 돌렸다.

"야!"

"삐액?"

"너 여기서 금 구해온 거 맞아?"

"삐액!"

대화가 통하지는 않지만 고개를 끄덕이고 젓는 것으로 의사를 전달할 정도는 된다.

삐액이가 고개를 끄덕였다.

"그럼 여기 몬스터들이 갖고 있던 거야?"

"삐애액!"

이번엔 고개를 저었다.

"그럼 뭐야."

"삐액!"

여기에 인간이 살 리도 없고.

잠깐 생각해 보니 답은 쉽게 나왔다.

"설마 광산?"

"빼액!"

힘차게 고개가 끄덕여졌다. 한시민의 입도 벌어졌다.

"미친!"

광산이라니! 이런 미친 산맥에?

인상이 절로 찌푸려졌다. 원래는 그냥 돌아갈 생각이었다. 이런 곳에 거주하는 몬스터들을 잡을 자신도 없고 당장 안개가 내려오면 어디서 날아오는 칼에 찔려도 자기를 찌른 몬스터도 확인하지 못한 채 생을 마감해야 하는데 그보다 억울한 건 없을 테니까.

무엇보다 그렇게 목숨을 내던져 금을 구할 수 있다면 모르겠지만 그럴 거 같지도 않았고.

하지만 금광이라면 말이 다르다. 금광은 적어도 몬스터가 갖고 있는 물건이 아니니까.

"혹시 거기 지키는 몬스터가 있어?"

"빼애액!"

고개가 저어졌다. 희망의 끈이 하늘에서 내려왔다. 하루 빨리 이곳을 벗어나고자 했던 생각이 머릿속에서 지워졌다.

"그럼 광산 안에만 들어가면 금을 가져올 수 있는 거네?"

"빼액!"

긍정의 끄덕임!

"들어가자. 그럼 변신해."

"빼애액!"

하나 희망을 확신한 한시민의 보챔에 빼액이가 고개를 저었다. 문제가 있다는 뜻.

그게 뭔지는 애써 부정했을 뿐 한시민도 모르진 않는다.

"너도 못 이기는 놈들이구나?"

"빼애액."

하긴, 일이 이렇게 쉽게 풀리면 말이 안 되지. 그런 노다지에 지키는 몬스터가 없는 것만으로도 감사해야 할 따름이고.

다만 거기에 들어가는 데까지의 길이 험난할 테다.

'방법이 없나?'

내적 갈등이 일었다.

아예 불가능한 일이었다면 모를까 눈앞에 떡하니 금광을 두고 돌아가야 하는 현실이라니. 너무 억울하지 않은가. 그래도 남자로 태어나 금덩이를 한가득 안아보긴 해야 할 텐데!

물론 방법이 아예 없진 않다.

"야, 너만 들어가는 거면 들어갈 수 있지?"

"빼액!"

끄덕이는 빼액이.

간단한 문제이긴 하다. 애초에 입에 물고 있던 게 금광에 있던 금이면 빼액이는 어떻게든 그곳에 들어갔다는 뜻이니까.

지금 문제가 되는 건 삐액이보다 수십 배는 크고 눈에도 잘 띄고 맛있는 고기 냄새를 풀풀 흘리는 한시민이고.

하지만 그럴 거면 따라오지도 않았다. 삐액이만 보내면 어떤 결과가 나올지는 굳이 예상하지 않아도 그려진다.

'내 금은 한 푼도 안 남겠지.'

다 처먹고 트림이나 하면서 나올 것이 분명하다.

삐액이의 성장이 곧 한시민의 성장이라 할지언정 그런 배 아픈 일을 할 수는 없다.

그렇기에 결정했다.

"돌아가자."

"삐액?"

"널 위험에 빠뜨릴 순 없어."

"삐액!"

삐액이가 격렬하게 고개를 저었다. 그럼에도 번복은 없었다.

"다음에도 방법은 있을 거야."

어차피 아무도 오지 못할 산맥이다. 나중에 성장하고 온다고 해도 가만히 있던 금광이 어디 도망가진 않을 터.

남 좋은 일 시키느니 일시적으로 포기한다!

"어서 돌아가자."

"삐액!"

잘 설득했음에도 삐액이는 고개를 계속 저었다.

"아니! 다음에 준다고! 이 새끼야! 영지에도 금 많잖아. 가서 그거 먹고 조금만 참자. 응?"

"삐애액."

그렇게 30분을 실랑이한 끝에 한시민은 삐액이가 고개를 젓는 것에 대한 의미를 파악할 수 있었다.

"아아, 그러니까 돌아가는 길은 모른다?"

"삐액!"

"……시바."

3

아주 충격적인 사실이었다.

"너 진짜 돌아가는 길 몰라?"

"삐액!"

아니, 세상에 골드 드래곤이 집에 돌아가는 길도 모른다니!

"여기까지 왔던 길을 돌아가면 되잖아!"

"삐애액!"

알아들을 순 없지만 무슨 말을 하는지 이해되는 것 같다.

안개 때문에 기억을 못 한다.

이런 뜻이겠지.

"허."

듣고 보니 어이없네.

"너 그럼 내가 소환 안 해줬으면 어떻게 하려고 했냐?"

"삐액! 삐액!"

"뭐! 뭐! 인마! 어쩌라고!"

물었지만 답을 듣고 싶진 않았다.

주인에게 돌아가는 본능이 있겠지. 지금이야 돌아갈 주인이 바로 옆에 있으니까 영지로 가는 길 따위는 몰라도 상관없는 거고.

"아이고, 머리야."

결국 결론은 하나네.

앞과 뒤에 길이 하나씩 있는데 뒤에 길은 막혔으니 앞으로 가는 수밖에.

"이렇게 된 이상 금을 챙기고 죽는다."

아쉽지만 어쩌겠는가.

최악의 상황에서도 최선의 판단을 내리면 최악의 손해만큼은 모면할 수 있다.

물론 언제나 손해는 뼈아픈 법이지만 금광이라는 거물을 물려고 왔으면 그만한 위험은 감수할 만하다.

결정을 내린 한시민이 주섬주섬 아이템들을 벗어 아공간에 넣는다.

죽어도 떨어뜨리지 않을 것만 남기니 축복의 반지와 버프 더 버프만 덩그러니 남았다.

"이거 진짜 한 대만 처맞으면 바로 죽겠는데."

다 벗으니 추위까지 몰려온다.

그야말로 극한의 상황. 그냥 아이템 다 끼고 싸우다가 죽더라도 운에 한번 맡겨볼까 하는 생각이 다 들 정도.

하나 본능은 이성을 이기지 못했다.

'뭐 하나 떨어지면 그냥 인생 조지는 거야.'

그러다 모든 아이템이 담겨 있는 마법 주머니가 떨어지면 그야말로 빈털터리가 되는 지름길이긴 하다.

그렇기에 미리 준비해 둔 초보자용 아이템들을 덕지덕지 껴입었다.

그럼에도 확률임은 변함이 없지만 판타스틱 월드가 나오고 수많은 유저가 수많은 실험을 통해 통계를 낸 결과 유저들의 마법 주머니 자체가 떨어질 확률은 거의 없다고 봐도 무방할 정도라고 하니 그것에 거는 것.

"이거 떨어지면 베타고 새끼야, 곧바로 초보자용 단검 15강 2,000개 해서 다 뿌린다."

그마저도 0%가 아니니 불안하긴 하지만.

믿고 전진했다.

조심스럽게.

금광이 있는 산은 노랑 은행잎이 가득한 산!

은행이라 부르기엔 생소한 형태긴 하지만 어쨌든 황금빛이 가득했다.

"이래서 금광이 있는 건가."

싶을 정도로.

아름답긴 하지만 그런 거에 신경 쓰기엔 시야가 너무 가려져 있었다. 어디서 몬스터가 튀어나와도 이상하지 않을 풍경.

차라리 바위산처럼 바위만 잔뜩 있으면 시야라도 트여 어디서 몬스터가 나타나면 냅다 도망치기라도 할 텐데.

인상을 찌푸렸지만 희망을 갖기로 했다.

'그래도 난 이런 면에선 운이 좋았잖아.'

굳이 따지자면 주, 조연급은 되리라.

"그런데 금광의 금도 못 보고 이런 데서 만나는 몬스터에 갑자기 처맞고 죽으면 얼마나 억울하겠어. 그치?"

"삐액!"

"크워어어어!"

"……."

아니네, 조연인가 보네.

태연하게 말하던 웃음은 채 10초를 가지 못했다.

지축을 뒤흔드는 울음소리와 함께 황금빛 잎사귀들을 양손에 가득 쥐고 나타난 거대한 생명체가 나타났기 때문이다.

"저건 뭐냐."

뭐라 정의할 수도 없다.

보통 유저들이 판타스틱 월드 몬스터들의 이름을 붙일 때 현실의 것을 가져와 비슷한 놈의 이름을 편하게 붙이게 마련인데 이놈은 현실에서도 본 적이 없다.

그냥 괴물이다. 커다란 괴물.

그런 괴물이 앞에서 군침을 질질 흘리고 있다.

먹기 위해 뜯은 잎사귀들을 놓는 걸 보니 확신할 수 있었다.

"너 이 자식, 고기 좋아하는구나?"

알아준 게 고마운지 괴물이 다가왔다. 저도 모르게 뒷걸음질 쳤지만 격차는 오히려 좁혀졌다.

한시민이 본능적으로 어깨의 빼액이를 잡고 뒤로 내던졌다.

"도망쳐. 그리고 나 살아나면 영지로 와. 알겠지?"

"빼애액!"

아, 이 얼마나 숭고한 희생인가! 펫을 위해 죽음을 마다치 않는 주인이라니. 빼액이도 아마 감동했을…….

"이 새끼, 벌써 도망쳤네."

그 주인에 그 드래곤이었나.

허탈한 웃음을 흘리기도 전에 어느새 다가온 괴물의 거대한 손바닥이 눈에 들어왔다.

"시팔."

죽음을 직감했다. 그리고 한 가지를 확신할 수 있었다. 그저 마음속으로만 갖고 있던 의문.

"여기도 레벨 무지막지하게 높네."

아이템을 꼈으면 도망 정도는 갔을지도 모른다. 하지만 그런 가정은 죽기 전에나 가능한 것.

시야가 깜깜해졌다.

[사망했습니다.]

[경험치를 잃었습니다.]

[접속 제한 48시간이 적용됩니다.]

그제야 한시민은 죽고 나서 술이 당긴다고 찾아온 정설아와 강예슬의 마음을 이해할 수 있었다.

죽음.

그건 아주 개 같은 기분이었다.

그보다 허망한 것은 혹시 행운이 따라줘 금광까지 아무 몬스터도 만나지 않을 수 있지 않을까 하는 꿈이, 시작과 동시에 무참히 무너져 내렸다는 것.

"베타고 개새. 고글 본사에 벼락이나 떨어져라."

할 수 있는 건 욕뿐이었다.

4

사냥하던 켄지에게 스페셜리스트의 이동 소식이 들려왔다.

"길마님, 스페셜리스트가 북쪽으로 이동했습니다."

"새로운 사냥터겠죠?"

"예, 메인 퀘스트 마무리를 위해 간 것 같습니다."

같은 퀘스트는 이미 주어졌다. 다만 레벨이 부족하다 판단했고 미리 보낸 유저들에게서 그곳의 몬스터들은 사냥하기에 너무 비효율적이라는 정보가 왔기에 아직 이동하지 않았을 뿐.

"60레벨이라. 지금 가면 어떨 것 같죠?"

"여전히 여기가 레벨 업을 하기엔 좋습니다."

"중요한 건 그러는 사이 스페셜리스트는 거기에 적응한다는 거겠죠."

"예."

켄지 역시 판타스틱 월드에서 단순히 캐릭터의 강함만이 앞서 나가는 길이 아니라는 걸 알고 있다. 무엇보다 메인 퀘스트에 한해선 더더욱!

그렇기에 고민했다.

고민하고 결정했다.

"움직입니다."

"예."

위험이 따르겠지만 자신 있었다. 그에겐 레전더리 등급의 마도사도 있고 귀족 작위까지 있으니까.

"용병을 구하고 갑니다. 레벨대 맞는 용병으로 스물 정도 구하세요."

"네, 길마님."

돈은 무지막지하게 들겠지만 신경 쓰지 않았다.

다이노가 길드에 들어온 이후로 스페셜리스트와의 격차는 점점 좁혀지고 있었다.

그게 3레벨까지 좁혀졌는데 그깟 돈을 아껴서 뭐하겠는가. 당장에라도 얼마가 되었든 돈을 써서 순위를 역전할 수 있다면 그렇게 하고 스페셜리스트를 짓밟고 싶었다.

그만큼 그의 자존심은 드높았다. 최고가 되겠다는 열망이 끓어올랐고 현실에서 느껴본 적 없는 벽에 대한 도전 의식도 상상 이상으로 대단했다. 그게 정설아의 예측에서 벗어난 이유였다.

"이틀 뒤, 준비를 마치는 대로 사냥터를 옮깁니다."

"예!"

3주에서 한 달이 이틀로 줄었다.

그리고 채비를 마치고 떠나려는 그들의 앞에, 이제 막 부활한 한시민이 등장했다.

막상 접속 제한에 걸리고 나니 할 게 너무나도 없었다.

"부활의 목걸이는 낄 걸 그랬나?"

그랬으면 페널티는 걸리지 않고 마을로 부활했을 텐데.

하지만 일말의 가능성조차 남기고 싶지 않았다.

각오한 것이니 견뎌내야지. 난방조차 안 되는 원룸도 아니고.

소파에 누워 오랜만에 여유를 만끽하며 TV를 틀고 온갖 배달 음식들을 시켜 뒹굴었다. 평소에 보지 않던 판타스틱 월드의 다른 소식들을 몰아서 보며 우월감도 느꼈다.

"아직 2막 중간도 못 왔네."

아무래도 오버 밸런스의 끝판왕인 한시민이 있는 아인 왕국이 가장 빠를 수밖에 없다. 물론 스페셜리스트에 켄지 길드까지, 게임 자체를 두고 보면 손가락에 꼽을 유저들이 있다는 것도 한몫했지만.

다른 왕국에도 분명 이름을 날리는 유저가 많았고 열과 성을 다해 따라오고 있었지만 초반부터 치고 나간 격차를 줄이기는 힘들어 보였다.

"신경 쓸 필요는 없어 보이네."

해서 내버려 두기로 했다. 혹시 다른 왕국에서 메인 퀘스트를 앞서간다면 방해할 생각도 가지고 있었기에.

깽판이나 다름없지만 어쩌겠는가. 아인 왕국이 잘돼야 붙어 있는 그의 영지도 발전하는데.

헛소리라 치부하기엔 몇 가지 이슈를 통해 리치 영지에 유입된 유저들과 NPC들의 수가 너무나도 눈에 띈다.

그렇기에 냉정해지기로 했다. 치사해지기로 했다. 인생은 원래 혼자 사는 거니까!

"내가 잘 먹고 잘살아야지. 요즘 먹고살기도 힘든데 말이야."

양심 없는 소리를 늘어놓으며 통장도 한번 확인했다.

"헉!"

14,000,000,000원.

억 단위를 버려도 어마어마하다.

이게 내 돈이라니……. 건물이나 한 채 살까. 그럼 평생의 소원을 이루고 이제 정말로 원하는 대로 게임을 할 수 있을 텐데.

고민하다 고개를 저었다. 아직은 아니다. 당장 현실에 필요한 집은 이미 마련해 두었지 않은가. 게임이 망해가는 것도 아닌데 대비할 필요는 없다.

'빼액이 그놈 키우려면 얼마가 들지도 모르는데…….'

적어도 지금은 현실보다 게임이 중요하다. 이렇게 많은 돈도 어쩌다 발견한 인생 아이템에 혹 날아갈 수도 있다.

61억짜리 스킬북도 나오는 마당에.

그렇기에 우선 돈은 판타스틱 월드에 필요할 때 투자하기로 하고 현재 가장 골머리를 썩이는 문제를 꺼냈다.

"금광을 어떻게 하지……."

나중에 찾아가기로 했지만 한시민 성격에 그게 가능할 리가 없다.

당장 가져다 개발하고 싶다. 아니면 그 안에 금이라도 왕창 꺼내오고 싶다.

대부분은 빼액이 배 속으로 처들어가겠지만 일부만 빼 와도 영지 발전을 비약적으로 할 수 있을 테니까.

무엇보다 죽은 게 너무나도 억울했다. 당장 가서 다 때려죽이고 싶었다.

"일단 먹고 생각하자."

하지만 참았다.

힘은 없지만 시간은 많다.

48시간. 하루 4시간, 많게는 6시간 남짓 현실에 나오는 그에겐 넘치고 넘치는 시간이기에.

이틀 동안 방법을 생각한 한시민이 판타스틱 월드에 접속했다.

가장 먼저 허리에 가죽 주머니가 있는지 확인한 한시민이 안도의 한숨을 내쉬고 앞을 보았을 때.

"어? 켄지 님. 마침 여기 계셨네."

그 방법의 실마리가 눈앞에 나타나 주었다.

"혹시 금광 관심 없으세요?"

"······?"

경계하는 켄지에게 한없이 자연스럽게 스며들며 묻는다.

"금광이요. 캐면 금이 뚝뚝 떨어지는 금광."

"관심 없습니다."

"하긴, 금광을 만들 수도 있으실 테니."

한시라도 빨리 자리를 벗어나려는 켄지를 붙들고 이번엔 다른 미끼를 던진다.

"그럼 영지는요?"

"······?"

"영지요, 영지. 귀족 작위 따셨으니 영지 얻어야 하잖아요."

물 수밖에 없는 미끼.

"사실 금광을 하나 찾았는데 이걸 캐다가 황제 폐하한테 바칠 생각이거든요. 그런데 저 혼자서는 무리일 거 같아 원정대를 꾸리려고 하는데. 어떠세요. 판월 커뮤니티에도 글을 올리긴 했는데 켄지 님이 리더십도 좋고 원정대장을 맡아주셨으면 해서요."

"그걸 왜……."

물론 의심은 가득하다.

당연하다. 그런 공이 있다면 자기가 먹고 싶게 마련. 왜 다른 사람에게 던져 준단 말인가?

"사실 제가 리더십하고는 거리가 좀 멀잖아요. 남들하고 섞이는 것도 싫어하고. 그래서 제안하는 거예요. 제가 찾은 거니까 켄지 님이 얻는 보상이든 수익이든 거기의 50%. 어때요?"

"어디죠? 거기가."

"조금 위험한 곳이긴 한데. 숲 너머 북쪽에 안개 자욱한 산맥이 있거든요? 거기예요."

"……!"

순간 켄지가 움찔했다.

거기라면 원래 가려고 했던 곳!

'원정대를 꾸려서 간다면…….'

공략 가능성이 더 높아진다. 사지로 유저들을 내몰 합당한 이유가 되면서 보상도 걸 수 있고.

"좋습니다."

한시민의 표정을 보니 딱히 함정 같지도 않았다. 아무것도 입지 않은 차림새, 한동안 보이지 않은 것을 생각해 보면 답이 나오니까.

'죽었었군.'

피식.

저놈도 무적은 아니구나.

괜히 기분이 좋아졌다. 그러다 보니 한시민이 내민 손도 자연스럽게 잡았다.

"이번엔 우리 같은 원정대끼리 잘 해봐요."

"좋습니다."

뜬금없이, 하루아침에 금광 원정대가 형성되었다.

5

철천지원수처럼 생각하고 있다 해도 한시민과 켄지가 손을 잡고 금광을 향한 원정대를 꾸리는 건 그리 이상한 일이 아니다.

게임이니까!

죽이고 싶으면 죽여도 되고 뒤통수를 치는 것 정도야 애교로 봐줄 정도로 흔하디흔한 곳이기에.

게다가 켄지와 한시민 모두 목표를 위해서라면 적과의 동침 정도는 대수롭지 않게 하는 이들이 아닌가!

'금광을 얻어 바친다면⋯⋯.'

작위 상승까진 바라지도 않는다.

그저 작은 영지, 아니면, 영지를 가질 자격만이라도 갖게 된다면!

그때부터는 진짜 켄지의 판타스틱 월드에 뛰어든 이유가 시작되는 것이다.

현실에서 잔뜩 벌어놓은 돈을 마음껏 풀 발판!

허황된 꿈이라는 생각은 하지 않았다. 금광이 있다는 게 사실이라면 충분히 그 정도의 보상은 있으리라.

금광이란 그런 존재다. 제아무리 돈이 많은 제국이라 할지언정 찾아온 이에게 충분한 격려를 해줄 정도의 가치가 있는 곳.

광산에 따라 다르겠지만 게임의 특성을 생각해 보면 한시민이 죽을 정도의 몬스터들이 있는 사냥터에 위치한 금광은 정말 중간에서 꿀꺽하고 싶을 정도로 금이 많이 나올 수도 있다.

물론 한시민의 말이 사실이라는 건 전제로 깔고 기야 하지만.

'믿을 수 있을까?'

일단 하는 말이나 꼬락서니가 거짓인 것 같지는 않아 수락하긴 했지만 최악의 경우 역시 가정해 두어야 한다. 지금까지 한시민에게 뒤통수 맞은 일이 한두 번이 아니니까.

해서 더 철저히 감시하기로 했다.

우선 수락한 이상 물린다는 건 말도 안 되고. 어차피 가야 할 장소이기도 했고.

"원정대 정비까지 2주 기다리겠습니다."

"네, 길마님."

어쨌든 갑작스러운 한시민의 합류에 미지의 산맥으로 향하려던 켄지 길드의 발걸음은 늦춰질 수밖에 없었다. 원정대이니만큼, 또 최대한 안전하게 금을 캐내기 위해서인 만큼 유저의 수는 많으면 많을수록 좋을 테니까.

행동력 빠른 켄지 덕분에 원정대에 대한 이야기는 대륙 전역으로 퍼져 나갔다. 원래 하던 방송이 있을뿐더러 커뮤니티까지 적극적으로 알렸기에 가능한 일.

유저들이 그를 보고 하나둘 움직이기 시작했다.

"야, 들었어? 켄지 길드에서 금광 원정대 모집한대."

"웬 금광? 그런 것도 있냐?"

"당연하지. 어쨌든 거기 금광에 금이 어마어마하게 많은데 문제는 지키고 있는 몬스터들 수준이 최소 100레벨은 된다는 거지. 그래서 혼자 처먹긴 부담스러우니까 사람들 모으고 있대."

"미쳤냐. 누구 좋으라고 거기 가? 죽을 게 뻔한데."

"뻔하지. 뻔하다는 걸 켄지 길드도 알고. 그래도 사람들이 가는 데 다 이유가 있지 않겠냐."

"이유는 무슨. 어떻게든 그 길드 한번 들어가 보겠다고 총 알받이 자처하는 거지."

"노노. 그런 유저들도 있겠지만 벌써 지원자가 네 자릿수를 향해 가고 있다는데."

"왜?"

"최소 40레벨 이상의 유저. 참가 시 하루 1골드 수당, 성공 시 10골드. 50레벨부터는 대우 자체가 달라지고."

"……헐. 야, 짐 싸라. 가자."

왜 켄지 길드가 돈지랄 길드라는 별명이 있는지 여실히 보여주는 장면!

하루에 1골드씩 천 명이면 1억씩 나가는 것임에도 망설임이 없다.

당연히 한시민이 보기엔 혀를 찰 정도의 과소비.

"쯧쯧, 저 논을 그냥 나한테 주지. 내가 더 효율적으로 해줄 수 있는데."

이런 식으로 소비하는 데엔 남작 작위를 무려 50억이나 주고 산 것에 대한 무려짐이 한몫했음에도 죄책감 따윈 조금도 느끼지 않는다.

"그래도 확실히 편하게 가긴 하겠네."

생각보다 탄탄하게 꾸려지는 원정대를 보며 뿌듯한 미소를 날릴 뿐.

어디까지나 켄지의 원정대이고 한시민은 그저 정보를 제공해 주고 보상을 나눠 갖는 브로커 역할일 뿐이지만 그의 입가에 맺힌 미소는 결코 그런 위치에 서 있는 자에게서 나올 수 있는 게 아니었다.

마치 음모를 꾸미는 사악한 마왕의 미소 같은 느낌!

"출발하겠습니다!"

그리고 판타스틱 월드 역사상 첫 유저들의 대규모 원정대가 미지의 산맥을 향해 출발했다.

메인 퀘스트를 위해.

금광을 위해.

빼액이도 돌아왔고 이번엔 토끼들도 챙겼다.

"다 뒈졌어."

무려 1,000에 가까운 원정대가 같이 가는 길, 무서울 게 없었다.

제대로 복수해 주리라.

한시민의 불꽃 튀는 눈빛은 삐액이에게 향했다.

"야, 너 금 처먹고 온 거 아니지?"

"삐액!"

아니라는 필사적인 의미 전달!

그를 믿을 수 없어 홀로그램을 열어 골드 포인트가 늘지 않은 걸 확인하며 만족스럽게 고개를 끄덕였다.

됐다.

금광도 무사하고 원정대 규모도 대단하고 그를 한 끼 식사로 잡아먹은 괴물 놈도 잘살고 있을 것이다.

그거면 충분하다.

"저기로 가야 합니다! 저기."

원정대의 움직임은 느렸다. 다들 최소 레벨 40은 넘는 유저들이라 체력엔 문제가 없지만 워낙 많은 수이고 이탈 없이 움직이려면 속도가 늦춰지는 것 정도는 감수하는 게 당연하다.

비싼 돈 들여서 데리고 왔는데 한두 명 이탈하기 시작하면 금광 원정대의 목적을 이루기도 전에 수많은 유저가 빠져나갈 가능성도 없잖아 있으니까.

그런 이들에겐 돈을 주지 않으면 그만이지만 전체적인 사기의 문제다. 켄지는 그런 것 정도는 조절할 줄 아는 리더십 있는 자였다.

"여기서부턴 이동 시간을 조절하겠습니다."

무엇보다 미지의 산맥에 들어서고부터 나타난 안개가 가장 큰 변수였다.

"이게 그거군요."

"네, 두 시간 올라갔다가 네 시간 내려오더라고요."

한시민에게 미리 들었지만 막상 닥치니 상당히 곤란한 상황이었다. 인간은 시야에 의존하는 동물이고 게임이라고 해서 다를 건 없었으니까.

감각이니 뭐니 해도 결국 보여야 뭘 피하든가 말든가 하지.

"안개를 해결할 방법이 있을 것 같은데……."

그나마 다행인 점은 여기가 게임이라는 것이다. 이상 현상 엔 원인이 있고 원인을 해결하면 원래대로 돌아올 수 있다.

거기다 극소수만 알고 있는 사실이지만 이곳은 메인 퀘스트 2막의 마지막 챕터가 진행되는 곳. 분명 안개를 해결할 장치가 있을 것이다. 그게 아니고서야 퀘스트를 해결하는 데 엄청난 지장이 있을 테니.

물론 그걸 인지했다고 해서 당장 답이 나오는 건 아니었다.

"우선 적응하고 금광부터 가도록 하겠습니다."

서서히 내려앉는 안개를 보며 켄지가 외쳤다.

자리를 잡고 휴식을 취하는 원정대에 긴장도 함께 깔렸다. 처음 출발할 때의 그 당당함과 공짜 돈을 얻을 수 있겠다는 사람들의 행복 따위는 더 이상 찾아볼 수 없었다.

"이거 진짜 죽는 거 아냐?"

"기본 100레벨 몬스터라며. 거기다 안개 내려왔을 때 공격해 오면 어떻게 해?"

"야, 재수 없는 소리 하지 마. 몬스터들도 안개 때문에 안 보이겠지."

불안! 공포!

칙칙해지는 분위기가 전염될 틈도 없이 안개가 시야를 가렸다.

6

원정대가 미지의 산맥에 도착했을 때, 이미 산맥에서 몇 주째 적응 중인 스페셜리스트의 꼴은 말이 아니었다.

"하아, 조금 있으면 또 셧다운인가?"

"각성제 몇 개 남았지?"

"여섯 개. 간당간당하네."

"오프 때 휴식 시간 좀 줄이고 사냥할게."

"으으, 차라리 날 죽여!"

"그래도 경험치는 많이 먹고 좋네."

온몸이 흙과 먼지로 범벅인 건 애교다. 땀에 젖고 헝클어진 머리에 사람의 피부인지 몬스터인지 구분도 가지 않을 정도로 꾀죄죄해졌음에도 신경 쓸 겨를 없이 움직이고 사냥한다.

"내려온다."

그럴 수밖에 없다. 미지의 산맥은 그런 곳이니까.

살기 위해서는 한시의 여유도 가질 수 없다.

"지금."

시야가 가려지는 순간, 손에 들려 있던 알약을 재빨리 삼킨다.

한 치의 오차도 없는 타이밍.

눈앞의 손조차 보이지 않는 안개에 대응하려면, 일 초라도 더 많이 사냥하기 위해선 이렇게 알약을 삼키는 타이밍마저 맞출 수밖에 없다.

목구멍으로 넘어가는 알약, 그리고 트이는 시야.

['안개 각성제'를 복용했습니다.]

[안개를 꿰뚫어 볼 수 있습니다.]

[남은 시간: 4:00:00]

물론 깔끔하진 않다. 1인칭 VR 게임처럼 흐릿하고 안개 속을 걷는 기분이다.

그럼에도 아무것도 보이지 않던 몇 초 전에 비해서는 장님에서 시력을 되찾은 기분.

자연스럽게 무기를 챙기고 뭉친다.

"으, 여기 사냥터 콘셉트 너무 최악이야."

"동감."

"그래도 재미있잖아."

"언니! 그렇게 변태 같은 소리 좀 하지 마. 시민 오빠가 싫어할걸?"

"……."

가벼운 대화와 함께 움직인다.

미지의 산맥에서 안개는 유저들의 사냥을 방해하는 혹은 차단하는 장치가 아니다. 그걸 깨닫기 위해 무려 사흘을 낭비했다.

"진짜 어떻게 살아남았는지 아직도 모르겠다."

"운이 좋았지."

"그러게. 안개 내려오면 몬스터들도 안 보일 거라고 생각했는데도 멀쩡히 살아 있는 걸 보면 진짜 우린 운이 좋았던 것 같아."

메인 퀘스트 2막을 종료하는 무대.

당연히 그런 무대가 쉬울 리 없다.

몬스터들의 레벨은 숲보다 비슷하거나 조금 높은 수준일 뿐이지만 사냥터 자체에 걸려 있는 옵션은 그 난이도 자체를 세 단계 이상 높여 버린다.

무엇보다 중요한 건 판타스틱 월드는 유저들에게 그 어떤 단서나 힌트도 그냥 주지 않는다는 것.

"켄지 그 사람 길드도 곧 오겠지?"

"시민 씨한테 들으니 원정대 꾸려서 오고 있다는데. 아마 메인 퀘스트 겸 금광을 찾으려는 거 같아."

"고생 좀 했으면 좋겠다. 이왕이면 시민 오빠도. 헤헤."

"다른 사람들이면 몰라도 시민이 그놈은 어떻게든 살아남을걸?"

"인정."

아직까지 몬스터와 마주하지 않는 그들은 계속해서 대화를 나누며 전진했다. 그러면서도 긴장을 풀지 않았다. 완벽한 팀워크, 직업의 조화도 훌륭하며 동시에 개개인이 갖춘 장비와 스킬이 아름다운 스페셜리스트에게 시야를 가리는 불리함이 사라진 이상 그리 위험할 건 없어 보이지만, 그렇게 생각했던 순간 닥쳤던 위기를 그들은 기억한다.

"아마 도착했으면 지금쯤 당하고 있겠지?"

"그건 진짜 안 보이면 기분 개 같은데."

"쌤통이다."

셋이 웃었다. 하나 웃음은 오래가지 못했다. 생명의 냄새를 맡은 그들이 나타났기에.

웅성웅성.

무리는 시끄러웠지만 켄지는 딱히 제재하지 않았다. 무려 천이나 되는 규모고 이마저도 통제한다면 지금의 불안감은 증폭되고 증폭되어 제어가 불가능한 수준까지 가게 될 테니까.

무엇보다 시야가 제한된 상황에서 대규모의 소음은 몬스터들에게 목표보단 경계의 대상이 될 것이라는 판단이었다.

그리고 그건 틀린 판단은 아니었다. 적어도 30분 정도는 아무 일도 없이 흘러갔으니까.

그 정도면 내린 가정에 대한 자신감을 갖기 충분한 시간이었다. 동시에 방심이 시작되는 시간이었고.

그때가 시작이었다.

사사삭―

"……?"

어디선가 들려오는 은밀한 소리들, 그리고 파고드는 무언가.

콰직!

"……!"

예고 없이 공격하는 몬스터!

"뭐, 뭐야!"

혼란이 시작됐다.

한시민은 미리 들어서 알고 있었다.

"안개가 내려오면 안개류 몬스터들이 활동을 시작해요. 종류는 아직 전부 파악한 건 아니지만 안개 속 시야를 확보하지 못하면 죽는 건 똑같으니 안개 각성제 아이템부터 얻어야 해요."

미지의 산맥의 특징!

안개가 내려오고 올라가는 건 단순히 맵의 콘셉트만이 아니었다.

판타스틱 월드는 하나의 세상.

벌써 수백 년째 이런 현상을 유지하는 지역에서 몬스터들이 안개 따위에 헤매고 있을 리 없다. 그들은 그들 나름대로 환경에 적응한 몬스터들이었다.

"안개 각성제는 안개가 올라가 있을 때 보이는 몬스터를 잡으면 일정 확률로 떨어져요. 아마 그들도 살아남기 위해 안개가 내려왔을 때 먹으려고 갖고 있다는 설정 같은데, 문제는 확률이 너무 낮아요. 2시간 내내 사냥해도 한 번 버틸 양을 겨우 구할 정도? 거기다 하나의 안개 각성제 지속 시간이 고작 4시간이라 여기서 사냥하려면 무조건 하루 종일 몬스터를 잡아야 해요."

 안개 속에서 활동하는 몬스터와 밖에서 활동하는 몬스터.

 그들은 서로 먹고 먹히는 관계일지 몰라도 새로 도착한 제삼자 입장에선 둘 다 경계해야 할 적임엔 분명하다.

 그뿐이랴.

 "안개 밖의 몬스터들은 대개 방어력이 높은 편이고 안개 속 몬스터는 공격력만 지나치게 높아요. 그래서 사냥 경험치는 안개가 내려왔을 때가 압도적으로 많은 편인데 대신 안개 속 몬스터들은 무리로 몰려다니는 경우가 많더라고요."

 까다롭기까지.

 사실 이쯤이면 그냥 사냥을 포기하고 다른 사냥터를 찾는다고 해도 틀린 판단이 아니다. 당장 돌아가 숲에서 사냥해도 이보다 효율은 훨씬 좋을지도 모른다. 사냥이란 단순히 경험치 총량을 따지지 않고 들어가는 비용, 노력, 시간과 그에 따른 효율을 비교해야 하는 것이니까.

 그런 면에서 미지의 산맥은 최악이란 최악의 조건은 다 갖춘 상태.

 "와, 미쳤네."

그걸 두 눈으로 확인 중인 한시민이 감탄을 흘렸다.

미리 들었는데 대비하지 않는 건 죽고 싶다는 말과 다르지 않기에 원정대가 전진해 우왕좌왕하는 사이 잠시 대열에서 이탈해 안개 각성제를 하나 구해왔었다.

90마리가 넘는 토끼, 빼액이까지 있는 마당에 고작 한 개 구하는 건 그리 어려운 일이 아니었기에.

이럴 때를 대비한 건 아니지만 구해놓은 드랍 아이템이 빛을 발한 것 같기도 했고.

어쨌든 안개가 내려앉자마자 각성제를 먹었고 트이는 시야와 함께 펫들을 데리고 뒤로 물러섰다.

그는 정설아를 믿는다. 그녀가 분명 습격해 올 것이라 했으니 올 것이다.

토끼들과 빼액이는 시야가 가려져 있지만 주인을 인지할 수 있는 본능 덕분에 따라올 수 있었고, 치솟은 나무 위로 올라간 한시민은 자기들을 잡아먹어 달라고 소음을 마음껏 내뿜는 유저들에게 접근하는 미지의 생명체들을 똑똑히 확인할 수 있었다.

"와……."

감탄이 절로 나는 은밀함.

혹여 누군가 눈치채더라도 쉽게 반격할 수 없을 정도로 굽은 허리와 작은 키, 그리고 본능적으로 적의 뒤를 잡고 목을 감싼 뒤 날카로운 이빨로 급소를 찌르는 솜씨가 일품이다.

스페셜리스트가 인간 사냥꾼이라 이름 붙인 그놈들!

"으아악!"

"뭐야!"

"억!"

당연히 이어지는 결과는 유저들의 죽음.

당하는 입장에서 황당하겠지만 보는 입장에선 어이가 없을 지경이다.

'아니, 이거 너무한 거 아니야?'

이런 데서 누가 사냥해?

적응하기도 어려울뿐더러 대충 보이는 몬스터의 숫자만 30이 넘는다.

여기 모여 있는 원정대원이 네 자릿수이기에 많아 보이지 않을 뿐, 보통 파티 사냥이나 길드 단위로 사냥한다 해도 열을 넘기지 않는 점을 생각해 보면 과한 숫자다.

켄지처럼 돈을 처발라 가며 100명씩 데리고 다니지 않으면 상대할 자신이나 생길까.

"모두 뭉치세요! 2인 1조로 등을 조심하고 다가오는 것들을 베어버리세요!"

그러는 사이 혼란은 증폭되었고 켄지는 그 와중에도 침착하게 명령을 내렸다.

물론 혼란을 잠재울 대책은 아니었다. 당장 그 역시 자신의 목숨을 지키기에 급급한 상황이었으니까.

그걸 보며 한시민은 깨달았다.

'안개 각성제. 이게 이 사냥터의 답이네.'

사냥의 피곤함의 여부나 경험치에 대한 건 고민할 필요도 없다.

냉철하기 그지없는 정설아가 이곳에서 아직까지 사냥하고 있다는 것은 감수하기만 한다면 그만큼 많은 경험치를 먹을 수 있다는 걸 의미하니까.

그걸 증명이라도 하듯 3레벨로 줄었던 켄지와의 레벨 격차는 오늘 4레벨로 다시 벌어졌고.

결국 답은 안개 각성제다.

지금은 이토록 우왕좌왕해도 적응만 한다면 미지의 산맥은 고레벨 고자본 유저들에게 빠른 레벨 업을 보장하는 사냥터가 되겠지.

그런 생각이 든 순간 냄새가 솔솔 났다.

돈 냄새가!

'드랍 아이템이 더 필요해.'

원정대가 죽어 나가든 말든 계획이 세워졌다.

결론은 하나였다.

여긴 노다지다!

금광에 앞으로 들어오게 될 수많은 고레벨 유저에게 바가지를 씌워 팔 수 있는 아이템까지.

미소가 절로 지어졌다. 계획도 머릿속에서 자연스럽게 그려졌다.

그러는 사이 인간 사냥꾼의 습격은 끝났다. 필요한 만큼, 원하는 만큼의 피를 갈취한 인간 사냥꾼들은 나머지엔 관심 없다는 듯 유유히 사라졌다.

마냥 좋은 일만은 아니었다. 안개는 여전히 남아 있었고 한 번 공격당한 이래 불안감은 이탈하는 유저들을 만들어냈으며 피해 현황을 파악할 수도 없었으니까.

그렇게 안개가 올라갔을 때, 남아 있는 원정대원의 수는 500 남짓이었다.

반이 넘는 손실!

우울한 분위기가 가득 깔렸다.

켄지도 그걸 어떻게 해결할 순 없었다. 막막하긴 그 역시 마찬가지였으니까.

그때 한시민이 나섰다.

"안개 속에서 볼 수 있는 방법이 있다네요."

"……?"

"안개 각성제. 안개가 올라가 있을 때 그걸 구해야 해요."

덤덤하게 내뱉는 말에 희망이 보였다.

"그걸 어디서……."

"저희 길드요. 비밀이라고 말해줬는데 제가 오자고 한 마당에 숨기기에도 좀 그래서."

"……!"

그런데 왜 이제 말해줘?

그 말까지는 차마 누구도 내뱉지 못했다. 인간은 이기적이니까.

죽은 동료들은 안타깝지만 어쨌든 자기는 살지 않았는가!

게다가 희망도 없이 돌아가야 할 것만 같았던 상황에서 답이 나왔다.

"자세히 설명해 주시겠습니까?"

"물론이죠."

켄지도 공손히 한시민에게 물었다.

그의 길드 역시 피해가 엄청났다. 당장에라도 돌아가 재정비를 할 생각이었지만 정보가 나타난 이상 그럴 필요가 없어졌다.

원정대의 피해?

그런 것 따위보다 메인 퀘스트를 진행하기 위해 안개의 비밀을 풀어야 한다는 생각밖에 없던 그에겐 단비 같은 말이었으니까.

시간이 없다는 말과 함께 빠르게 요약된 설명을 들은 원정대가 움직였다.

반이나 죽고 로그아웃했음에도 오히려 활기는 넘쳤다.

한 번의 위기와 함께 도약할 발판이 마련되었다는 희망 때문!

동시에 어디서도 경험해 본 적 없는 새로운 사냥터에 대한 희열이 그들을 지배했다.

그래서일까?

아무도 인지하지 못했다. 그들이 떠난 자리에, 적어도 300 이상이 죽었음에도 전장에는 단 하나의 아이템도 떨어져 있지 않았다는 사실을. 그리고 토끼들의 방어구에 가죽 주머니가 하나씩 더 채워졌다는 변화를!

사실 한시민이 원정대를 제안한 이유는 이런 이득을 보기 위함은 아니었다. 죽었다 살아났을 때, 켄지가 눈앞에 있음을 확인했을 때엔 안개의 무서움 따위는 모르고 있었으니까.

그저 안개가 있으면 잠시 쉬었다가 가는 정도로만 생각했었다.

그런 상황에서 예상치 못했던 변수가 끼어들었지만 그렇다고 해도 변하는 건 없었다.

원래 목적은 이루어야 한다.

'금광이 이쪽이었으니까.'

원정대를 이끌고 금광 주변을 깔끔하게 정리한다!

물론 원정대를 금광으로 데리고 갈 생각 따위는 조금도 없다. 기껏 구한 금광을 왜 이들에게 넘겨준단 말인가.

결국 황제에게 가게 된다는 점이 무엇보다 마음에 들지 않았다.

그럴 거였으면 빼액이에게 혼자 다 처먹고 나오라고 했지.

"전투 준비!"

익숙한 나무들이 즐비한 산까지 온 한시민은 원정대를 데리고 사냥을 시작했다.

별의별 몬스터들이 나오고 한시민을 한 끼 식사로 잡아먹었던 거대한 괴물마저 등장한다.

그야말로 별천지!

"와, 무슨 이런 사냥터가 있냐."

"죽지도 않아."

"화력 부족해! 딜러들! 빨리!"

대부분 한두 마리씩 따로 다니지만 다들 맷집이 센 데다가 공격력도 강하다.

전형적인 딜탱형 몬스터!

자연스럽게 유저의 수는 줄어든다. 그렇게 희생을 감수하며 하나씩 잡아갔다.

2시간.

결코 길지 않은 시간을 사냥하며 원정대는 이 사냥터의 절대적인 문제점과 많은 머릿수가 갖는 약점을 발견했다.

"……각성제가 얼마나 나왔지?"

"몰라. 한 30마리 잡지 않았나?"

"잡을 때마다 나오는 것도 아니잖아."

희망은 개뿔. 500명 가까이 되는 유저가 2시간 사냥해서 고작 열댓 명만 4시간 동안 앞을 볼 수 있다니.

"어떻게 해?"

"그러게. 로그아웃했다가 4시간 있다가 들어오면 안 되나?"

"어라?"

"그러면 되긴 하네?"

"되긴 개뿔. 그래 봤자 캐릭터 남아서 죽는 건 똑같은데."

"……원정대장이 뭔가 방법을 내놓겠지."

서서히 내려오기 시작하는 안개를 보며 원정대에 또 한 번의 혼란이 찾아왔다.

켄지도 머리 아프긴 매한가지였다.

'데리고 오지 말 걸 그랬나.'

괜히 원정대를 꾸려서 문제가 더 심각해진다. 차라리 그의 길드원들만 있었다면 보다 체계적으로 사냥해 필요한 만큼의 각성제를 얻어 안개가 내려왔을 때도 사냥을 할 수 있었을 텐데.

한시민이 슬쩍 얹어준 정보에 안개 속 몬스터들의 경험치가 그렇게 짭짤하다고 하니 욕심이 생기지 않을 수가 없었다.

그런 생각을 한 순간 답이 나왔다.

길드 대화로 전환한 켄지가 나직이 말했다.

"각성제를 가지고 있는 유저들을 중심으로 끈을 묶든 손을 잡든 연결하세요. 안개가 내려오는 즉시 대열을 이탈합니다."

게임의 묘미! 배신의 시작!

원정대에겐 미안하지만 어쩌겠는가. 이대로 가다간 남 좋은 일만 해주다가 전부 개죽음이다.

욕이야 먹겠지만.

'강자가 곧 법.'

게임에서의 욕쯤이야.

새로운 국면의 시작인 안개가 내려왔을 때.

"어어?"

일반 유저들이 빠르게 사라지는 선두를 보며 당황했다. 그리고 잠깐의 시간이 흐른 후 무슨 일이 벌어지는지 파악했고. 동시에 뛰기 시작했다. 살기 위해!

"뭐야."

그걸 보며 내빼기 위해 준비하던 한시민이 멈칫했다.

"지들끼리 알아서 지랄하네."

배신의 선두를 빼앗긴 건 분하지만 나쁠 건 없다.

빼액이 등에 앉아 있던 한시민이 뭔가를 꺼냈다.

바로 팝콘이었다.

⑧

이 기분을 어떤 단어로 표현해야 할까.

"음……."

조모임을 이끌던 조장인 데다가 PPT 제작에 발표까지 맡은 놈이 발표 전날 잠수를 타버린 느낌?

그놈만 믿던 다른 조원들 입장에서는 엄청나게 답답하고 어떻게 해야 할지 답도 안 나올 테다.

지금껏 조장 혼자 하다시피 했고 나머지는 그냥 시키면 대충 인터넷에서 자료나 긁어 보내며 학기가 끝난 후 공짜로 얻을 학점에만 심취해 있었으니까.

물론 한시민은 그런 조원들과는 궤도를 달리하는 포지션이었지만.

"이거 완전 엄청난 쓰레기잖아?"

느끼고 있긴 했다. 이대로 가다간 이 원정대는 망한다는 걸.

애초에 사냥터 콘셉트 자체가 이토록 많은 인원이 사냥하는 데 적합하지 않다.

아니, 효율을 떠나 시도 자체가 불가능한 포맷이다.

고작 셋뿐인 스페셜리스트도 각성제 여유분이 없어 사냥을 쉬지 못하는 마당에 어떻게 세 자릿수의 유저가 이곳에서 살아남겠는가.

후퇴 혹은 켄지가 선택한 배신이 정답이긴 하다.

하나 이렇게 빠를 줄은 몰랐다.

'이거 완전 치즈 팝콘 각인데.'

안개가 내려앉으면 삐액이의 개코를 이용해 몰래 금광에 다녀올 생각이었다.

주변의 몬스터는 얼추 정리되었고 또 안개가 뒤덮였을 땐 그 무시무시한 몬스터들도 활동을 멈출 테니까. 공격력만 무식하게 강한 인간 사냥꾼 종류의 몬스터들 정도는 감수하고 가 볼 만하다 생각했었다.

그게 변수로 미뤄졌다.

"원정대장님, 저희는 그냥 가만히 있으면 되나요?"

"……."

"원정대장님?"

"뭐야, 없어?"

이런 상황에 원정대장이 자리를 비웠다?

그걸 다른 유저들이 알게 된다면 어떻게 될까.

저 멀리 사라지는 켄지 길드의 모습을 영상에 담은 한시민이 뿌듯한 미소를 지었다.

'역시 난 임기응변이 참 빠르다니까.'

물론 켄지의 행동을 비난할 생각은 조금도 없다. 그래도 되는 세상이고 모든 걸 감당할 자신이 있으면 남의 뒤통수 따위 100번을 후려쳐도 괜찮은 게임이다. 어찌 됐든 가진 자에겐 사람들이 모이게 마련이고 처벌할 어떠한 법적 장치도 없으니까.

다만 이미지엔 문제가 생길 것이다. 본인이 아무리 괜찮다고 생각해도.

"좆돼봐라."

벌써부터 영상을 어떻게 편집할지 머릿속에 그려 놓은 한시민이 켄지 길드에게 손을 흔들어주었다.

배신하는 상황에서도 여러 가지 수를 가정했겠지. 이 복잡한 상황을 이용해 댈 핑계들도 마련했을 것이고.

하지만 이 영상 하나면 끝이다. 빼도 박도 못한다.

도망자! 원정대를 버리고 도망간 원정대장!

켄지가 돈이 아무리 많고 실력이 뛰어나다 할지언정 뗄 수 없는 꼬리표가 되리라.

"후후, 조만간 시작되겠군."

거기에 한시민은 한 숟가락 보태기로 했다.

이왕 이렇게 된 거! 주 호갱님이신 켄지 님을 위해 판 한번 제대로 짜주리라.

"원래 어중간한 쓰레기가 되느니 핵폐기물이 되는 게 나을 때도 있는 법이니까."

자기 일 아니라고 마음대로 지껄인 한시민이 슬그머니 혼란의 대열에 합류했다. 방송을 켠 채로.

혼란의 도가니는 아수라장까진 아니었다.

"뭐야, 어떻게 되는 거야."

"진짜 튄 거?"

"지금까지 별말 없으면 그런 거 아니겠어?"

어쨌든 보이는 게 없으니까. 섣불리 단정 짓고 싶지 않았기에.

원래 사람은 보이는 것만 보고 믿고 싶은 것만 믿는 법이다. 아무것도 보이지 않는 지금 상황에서 그런 최악의 상황을 가정하면 그 후에 몰려올 두려움은 어떻게 대처하겠는가.

차라리 현실을 부정하는 게 낫다.

그래도 다행인 것은 아직까지 별일은 일어나지 않고 있다는 점.

"여러분, 보고 계십니까? 원정대장인 켄지가 길드원들을 데리고 도망쳤습니다."

하나 그들의 그런 현실도피를 와장창 깨부수는 잔인한 목소리가 들려왔다.

"그뿐 아니라 각성제를 가졌던 유저들도 모두 도망갔군요. 이런, 안타까움을 금치 못하겠군요. 금광을 미끼로 천에 가까운 유저를 꼬드기고 도망이라니. 켄지 길드 입장에선 현명한 판단이었겠지만 남은 유저들은 어떻게 하라고……."

"뭐야? 진짜야? 누구세요?"

"전 각성제를 갖고 있던 유저 중 한 명인데요. 지금 켄지 길드부터 각성제 먹은 유저들까지 다 도망갔네요."

"뭐?"

"이런!"

"미친, 그럼 우리는 어떻게 되는 거야?"

환상이 깨지면 당연히 남는 건 추잡한 현실뿐.

애써 무시하려는 현실을 한시민이 인식시켜 주자 지옥이 열렸다.

"시발, 도망쳐!"

"어디로?"

"몰라. 일단 도망치고 봐야 하지 않겠어?"

"아니지, 몬스터들이 몰려올 텐데 차라리 뭉쳐 있는 게 낫지."

"아니, 어쩌라고!"

아비규환!

다들 그래도 기본 레벨 40은 넘은 판타스틱 월드의 폐인들이지만 처음 겪는 현상에 냉정하게 대처할 방법 따위는 가지고 있지 않았다.

센스를 떠나 평생 눈을 가린 채 살아본 기억이 있겠는가.

한시민이 만족스러운 미소를 지었다. 그러면서 연기했다.

"어떻게 해야 할지 모르겠습니다. 우선 안개가 걷힐 때까지 기다려야 하는데 미지의 산맥은 안개가 내려오면 몬스터들이……."

사사삭―

콰직!

"으아악!"

"……이렇게 공격해 옵니다."

동시에 말이 씨가 되는 현장!

기다렸다는 듯 인간 사냥꾼들이 들이닥쳤다.

이건 한시민이 의도하지 않은 상황. 하지만 예상은 했다.

'이만하고.'

도망치는 척 슬쩍 인간 사냥꾼 쪽으로 뛴다.

당연히 가까이 있던 인간 사냥꾼이 덮친다.

"으악!"

방송의 시점을 1인칭으로 바꿔놨기에 리얼하게 다가오는 인간 사냥꾼의 모습이 그대로 찍혔고.

[방송이 종료됐습니다.]

필요한 영상을 내보낸 방송이 여운을 남기며 종료됐다.

ㅡㅍㄹㅅㅍㄹㅅ

ㅡ뭐야, 끝난 거임?

ㅡ엥? 방금 왔는데 바로 종료?

ㅡ어떻게 된 건지 설명 좀 해주실 분.

알림을 받고 뒤늦게 방송에 들어온 유저들에겐 황당하기 그지없는 일이다.

광고가 있는 방송의 경우 1시간 이내로 방송 다시보기를 할 수 있지만 생방송의 묘미와 비교할 순 없는 법.

침묵하고 있는 다른 시청자들에게 물었다.

ㅡ왜 종료된 거임?

-지금 VJ 메인 퀘스트 2막 마지막 챕터 진행되는 미지의 산맥이라는 지역에 켄지 길드가 꾸린 원정대랑 가 있는데 거기 콘셉트가 좀 지랄 맞는 듯. 거기 가 있는 친구한테 들은 건데 무슨 각성제? 그걸 먹어야 안개 속에서 사냥이 가능하다는데 켄지 길드가 각성제 챙기고 안개 내려오자마자 튀었다고 함.

-헐.

-VJ 님도 각성제 먹긴 먹었는데 방송으로 거기 상황 보여주다 몬스터들이 덮쳐서 아마 죽은 듯하고.

-ㅁㅊㄷ. 켄지 길드 개쓰레기 아님. 그럼?

-ㅇㅇ 지들이 원정대 꾸리고 간 사람들 다 죽인 거잖아.

-거기 참여하면 돈 준다던데 돈은 그럼 어떻게 되는 거임?

-당연히 줘야지. 줘도 쓰레기인 게 없어지진 않지만.

-그냥 핵 쓰레기인 듯.

친절한 설명에 시청자들이 분개했다.

게임에서 충분히 벌어질 수 있는 일이라 할지언정 그걸 받아들이는 입장에서 욕 정도는 얼마든지 할 수 있는 상황! 무엇보다 그들의 VJ가 희생당하지 않았는가!

-ㅅㅂ. 내 10만 원 켄지 때문에 날아간 거임?

-오늘 방송 요약: 광고 1분 후 방종.

―아나. 방종하면 광고도 좀 끊어주면 안 됨? 다 보고 왔더니 꺼
져 있네.

―엥? 무슨 일임? 왜 방종?

―여기 희생자 한 명 추가요.

한시민 방송 시청자 수는 프레쉬 사태 이후 4천 단위까지
올라갔다. 직접 본방을 사수하는 인원만 그 정도에 돈이 없어
무슨 방송을 하나 누군가 브리핑해 주길 기다리는 인원도 어
마어마하다.

그런 상황에서 이런 일이 터졌다. 진성 판타스틱 월드 유저
가 대부분이기에 금세 퍼졌다.

커뮤니티를 통해, 그리고 인맥을 통해.

그러거나 말거나 한시민은 절묘한 타이밍에 방송을 끊고
그의 위에서 이빨을 박으려는 인간 사냥꾼의 머리를 손가락
으로 밀었다.

"꺼져, 이 새끼야. 냄새나니까."

침을 질질 흘리는 걸 바로 앞에서 보고 있으니 정말 시궁창
보다 더한 냄새가 몰려온다.

이런 더러운 이빨로 사람을 무니 죽지 않을 수가 있나.

떨어지지 않으려 발악하는 놈을 발로 걷어차며 일어난 한시민이 주위를 살폈다.

역시 아수라장. 아까와 다를 바 없었다.

아니, 아까는 그래도 수많은 사람 속 어떻게든 해결해 낼 수 있지 않을까 하는 희망을 외치는 켄지가 있었다면 지금은 그저 죽음을 기다리는 불쌍한 장님들뿐이다.

인간 사냥꾼은 서너 명씩 달라붙는다면 사냥 못 할 것도 없지만 당연히 흩어져 있는 유저들이 막을 수 있을 리가 없지.

상관은 없었다.

그걸 알기에 한시민도 자리를 피하는 대신 피해자 코스프레를 하며 스며든 것이니까.

"슬슬 시작해 볼까."

지금이 가장 적기다.

계획을 실행할 아주 좋은 타이밍!

적당한 신호를 보내자 기다렸다는 듯 숨어 있던 토끼들이 한시민의 앞에 정렬한다.

당당히 어깨 위에 앉는 빼액이까지.

든든하기 그지없다.

지옥 속에서도 이들과 함께라면 살아남을 수 있을 것만 같다.

"5토 1조로 움직인다. 알겠지? 저 괴물들이 한 마리씩 다닌다 싶으면 냅다 죽여 버리고 아니다 싶으면 바로 도망치고. 언제나 말하지만 가장 중요한 건 너희들의 목숨이야. 알지? 난 너희 죽으면 슬퍼서 3박 4일 동안 밥도 제대로 못 먹는 거?"

"뀨뀨!"

"그래그래. 나도 다 알아, 너희 마음. 그러니까 다니면서 1순위는 안전! 2순위는 죽은 유저들 템 잘 챙기는 거. 3순위는 만만해 보이는 저 몬스터들 죽이는 거. 알겠지?"

"뀨!"

"좋아, 그럼 작전 시작."

토끼들이 일사불란하게 흩어졌다. 동시에 한시민도 망치를 들었다.

토끼들도 안개 때문에 시야가 보이지 않는다는 점은 충분히 감안했다.

'그래도 명색이 몬스터인데 안 보인다고 멍청하게 다니다가 죽진 않겠지.'

많은 걸 바라지도 않았다. 그저 다니면서 떨어져 있는 아이템만 주우면 된다.

죽어 나가는 유저의 수가 많으니 발에 차이는 것만 주워도 상당한 수익이 되리라.

남는 건 그가 주우면 되고.

벌써부터 부자가 될 생각에 배가 불러오는 것만 같다.

한편으로는 저렇게 죽어 나가는 유저들을 보며 이러는 게 옳은 행동일까 하는 생각도 잠시 들었지만.

"나 하나쯤이야."

어차피 나선다고 다 죽일 수도 없다.

괜히 나댔다가 저 수십 마리의 인간 사냥꾼이 전부 한시민에게 달려든다면?

방어력은 약하지만 이빨 한 방만 꽂히면 꼼짝 못할지도 모른다. 그렇게 죽고 나면 그다음은 다시 저들이 타깃이 될 테고.

살 수 있는 사람은 살아야지!

그런 합리화와 함께 인간 사냥꾼들 사이를 누비며 아이템을 줍기 시작했다.

"마, 스까 묵자. 니들만 처먹냐."

9

자리를 벗어난 켄지 길드는 한참 이동한 다음에야 걸음을 멈췄다.

"각성제 먹은 사람이 몇이죠?"

"열하나입니다, 길마님."

"얼마 안 되네요."

10분의 1.

나머지 90의 사람을 지켜야 한다는 부담감은 실로 무겁게 다가온다.

하지만 켄지는 긴장하지 않았다.

"보이지 않는 사람들을 중심으로 원을 만듭니다."

"네!"

남은 사람들은 원정대와 다르다.

벌써 몇 달간 하루 종일 손발을 맞춰본 유저들!

비록 전투에 참여할 수 있는 인원은 얼마 되지 않지만 충분하다.

"안개가 걷히면 전투에 참여하지 않는 유저들도 도움을 줄 방법을 마련해야 합니다."

"예, 길마님."

배신은 이미 이루어진 일!

그의 이름에 먹칠은 조금 되겠지만 신경 쓰지 않았다. 판타스틱 월드는 현실처럼 기업의 이름이 언제나 선해야 할 이유가 없다. 안 좋은 쪽으로라도 이름을 날린다면 그로 만족한다. 분명 켄지와 같은 유저도 많을 테니까.

혹은 게임 내에서 현실에서 표출하지 못했던 내면의 욕망을 표출하고 싶어 하는 유저들의 접촉이 있을 수도 있고.

다양성! 자유!

이게 주는 의미는 크다. 그렇기에 후회하지 않았다. 애초에 원정대를 꾸리지 않았으면 하는 아쉬움은 있지만 그래도 한시민을 통해 안개를 극복하는 방법을 생각보다 빠르게 알아냈으니 이제부턴 그를 바탕으로 원래 목적인 메인 퀘스트를 진행하면 그만이다.

'금광은…….'

어쩔 수 없지.

한시민이 순순히 금광까지 안내하리란 보장도 없었고 진짜 금광이 있으리란 확신도 없고.

어디까지나 얻으면 좋겠구나 싶어서 나섰던 원정대다. 거기에 원정대 자체가 터졌으니 금광을 찾아 뭐하겠는가.

"옵니다!"

현실을 직시하자 새로운 행운이 찾아왔다.

시야가 밝지는 않지만 안개 속 다가오는 몬스터들의 모습이 보이는 것은 정말 사막에서 오아시스를 발견한 기분!

열 명 남짓한 인원으로 스물에 가까운 몬스터를 상대해야 하지만 켄지는 웃었다.

천 명으로 고작 수십을 상대하지 못해 쩔쩔매던 때를 생각하면 천국이지.

전투가 시작됐다.

아쉽게도 불난 집에 부채질은 집주인이 불이 나든 말든 상관없어하는 상황이 벌어졌지만 그걸 모름에도 한시민은 예상치 못했던 또 다른 이익을 취함으로써 투자한 노력을 보상받는 결과를 만들었다.

[레벨이 올랐습니다.]

"뭐어어어어? 레벨이 올라? 이런 시바!"

아이템을 줍고 방해하는 인간 사냥꾼들 처치하기도 하다 등장한 홀로그램에 순간 멈칫했다.

비명은 인간 사냥꾼들의 배가 부를 때까지 계속됐지만 그럼에도 한시민의 정적은 깨지지 않았다.

감격!

"아, 나도 레벨이 오르는 한 명의 유저였구나."

잠시 잊고 있었다.

잊을 만도 했다. 벌써 몇 달째 42레벨에서 멈춰 있지 않았던가.

감회가 새로웠다.

정말 사냥을 안 하긴 했구나.

제아무리 필요 경험치 550% 페널티를 안고 있어도 그렇지, 매일 다니는 장소가 최소 70레벨 이상의 사냥터였는데 레벨이 단 한 개도 오르지 않을 만큼 사냥하지 않았다니.

경험치가 쌓이고 쌓여 레벨 업 직전까지 갔었을 수도 있다.

하나 그랬을 상황이어도 이미 한 번 죽었지 않은가.

죽고 나서 경험치가 깎였음에도 여기서 귀찮게 달라붙는 몬스터 몇을 처치하자 레벨이 올랐다.

감동에 제대로 된 판단은 되지 않지만 이게 의미하는 바는 하나다.

"경험치 개꿀이라는 게 이런 뜻이었구나."

확신이 들었다.

미지의 산맥은 정말 유저들에게 있어 한없이 말도 안 되고 적응하기 힘들고 적응한다고 해도 편해지지 않을 사냥터임엔 분명하지만, 그만큼 경험치도 말도 안 되게 챙겨갈 수 있는 사냥터라는 걸.

마의 레벨?

오히려 이곳에서 경험치를 얻는 고레벨 유저들은 더 빠르게 치고 나가리라.

적응하고 얼마나 여기서 속도를 뽑아내느냐의 차이겠지만.

"그렇다면……."

당연한 말이지만 한시민은 이미 적응을 했다.

그저 사냥에 무덤덤해진, 어차피 게임은 레벨로 하는 게 아니라 돈으로 하는 거라는 현실도피를 한 상황이라 가까이하지 않았을 뿐이지 사냥을 시작하면 얼마든지 할 준비가 되어 있는 남자다.

"먹잇감이 참 많네."

생각을 바꾸니 세상이 달라 보였다. 바닥에 널리고 널린 아이템들을 한시라도 빨리 주워야 한다는 마음가짐은 잠시 뒤로 미뤄두었다. 그러자 경험치들이 그의 시야를 가득 채웠다.

"일단 조금 두고."

그렇다고 발정한 개처럼 날뛸 순 없었다.

일석이조!

경험치도 얻고 아이템도 얻는다.

어차피 인간 사냥꾼들은 일정 수의 인간을 사냥하지 않는다.

그때를 기다리며 조금씩 수를 줄여 나갔다.

그렇게 한차례 지옥이 끝났을 때쯤.

"이 새끼! 감히 우리 원정대를 공격하다니! 뒤져! 뒤져!"

정의의 사도로 돌아온 한시민이 부른 배를 움켜쥐고 빠지려는 인간 사냥꾼들을 학살했다.

[레벨이 올랐습니다.]

그리고 판타스틱 월드를 시작한 이래 레벨을 올린다는 재
미를 처음으로 느꼈다.

10

안개가 걷혔을 때 남은 인원은 기껏해야 200이 채 되지 않
았다.

이탈한 100여 명의 켄지 길드원과 나머지는 죽은 사람들!

이탈한 사람들까지 생각해 보면 그래도 많긴 하지만 기둥
이 빠진 집이 서 있을 수 있겠는가.

"돌아가죠."

"그러죠. 여기서 있을 이유도 없고……."

"돌아가서 따집시다."

분노로 부글부글 끓으면서도 살았다는 안도감은 더 이상의
전진에 대한 희망을 놓게 만든다.

"아니, 그런데 우리 골드는 받을 수 있는 거예요?"

"주겠어요? 다 버리고 도망쳤는데. 계약서에 도장 찍은 것
도 아니고. 찍었다고 해도 게임인데?"

"아오, 길드 랭킹 1등이니 뭐니 떠들어 대는 거 믿고 왔
더니."

무엇보다 시간을 낭비했다는 허탈함은 어디서도 메울 수

없다.

자연스럽게 분노가 인다.

현실이었다면 넘을 수 없는 벽에 혼자 앓고만 있었겠지만 마찬가지로 여긴 게임!

배신은 켄지 마음이고 별다른 제약도 없지만 반대로 이들의 분노도 자유롭게 그에게 향한다.

"복수하고 싶다."

"내가 꼭 나중에 한 방 먹인다."

물론 힘든 건 사실이다.

"그런데 켄지 그 사람 귀족이라던데."

"잘못 건드리면 곧바로 감옥행이야."

"더럽고 치사한 건 게임도 마찬가지네."

"에잇, 퉤."

어쨌든 한을 품은 유저들이 뭉쳐 돌아가기 위해 걸음을 돌렸다.

거기서 한시민은 빠졌다. 그리 이상한 그림은 아니었다. 200이나 되는 사람들이 전부 하나가 되어 함께 돌아가진 않았으니.

저마다 무리를 이루어 흩어졌다. 한시민은 그중 가장 큰 무리의 뒤를 밟았다. 멀리서.

그렇게 시간이 흘렀고 다시 안개가 내려올 때쯤.

"키에엑!"

"킥킥!"

또다시 경험치들이 몰려왔다.

'여긴 진짜 노다지야.'

주머니가 두둑해질수록 미지의 산맥에 대한 애정이 깊어졌다.

그야말로 대박 사냥이었다.

보통 사람들은 경험치가 사냥하는 주된 이유고 부산물은 사냥을 위한 부수입이지만 그 반대인 한시민에겐 이보다 더 완벽한 사냥이 없을 정도!

"미쳤다. 이러다 50레벨 찍겠다."

벌써 46레벨이다.

물론 그러기까지 다른 유저들은 거의 다 죽었고 처치한 인간 사냥꾼도 몇이나 되는지 가늠할 수 없을 정도.

하지만 평생 50레벨을 찍지 못하고 게임을 접는 게 아닐까 했던 불안감은 사라진 상태.

"행복하다."

해서 가벼운 발걸음으로 복귀할 수 있었다.

"나도 사냥 좀 해야겠다."

새로운 목표를 세우며.

"헉! 영주님! 이게 다 무슨……."

"쩔죠? 이거 다 팔아서 빨리 영지 발전시켜 주세요."

"무, 물론입니다!"

메인 퀘스트?

다 필요 없다. 관심도 없고.

지금 한시민이 노리는 건 단 하나!

틈새시장을 이용해 돈을 버는 것.

그러기 위해선 더 철저한 준비가 필요했다.

"노다지 님, 지금 오실 수 있으신가요?"

그리고 한시민은 미리 이런 상황을 대비해 두었었다.

11

노다지는 요즘 행복했다.

대대손손 내려오던 생업을 포기하고 게임에 뛰어든 이후로 얼굴에 늘 그림자만 가득하던 아내가 웃기 시작했고, 아빠 힘들까 봐 맛있는 거 먹고 싶다는 말 한번 못하던 딸에게 자주는 아니지만 치킨도 사줄 수 있게 되었으니까!

'다 그분 덕분이야.'

비록 자신보다 나이는 어려 보였지만 그게 무슨 상관인가!
돈 주면 다 형이고 사장님이고 주인님이지.

무엇보다 그가 보기엔 별 쓸모도 없어 보이는 아이템을 몇
만 원씩이나 쳐주며 가져가는 게 너무나도 고마웠다.

'분명 일부러 비싸게 사주시는 거야.'

그의 오해는 그럴듯했다.

게임을 얼마 하지 않았어도 일단 시작한 이상 돈을 벌기 위
해 이런저런 정보를 많이 공부했고 그를 통해 그가 얻어온 반
지는 보통 유저들이 갖고 다니기 꺼려 하는 옵션이라는 걸 알
았기 때문.

부적이라 쳐도 몇만 원은 이해가 되지 않는 가격이다. 그렇
기에 고마웠다. 비록 그게 동정이라 해도 상관없었다. 가족이
행복할 수만 있다면!

벌 수 있을 때 벌자.

그런 마음으로 도굴꾼으로 전직한 그는 정말 열심히 무덤
을 팠다.

그러는 와중에도 부업으로 약초를 캐는 걸 잊지 않았지만
거의 대부분의 시간을 무덤 파는 데 보냈다.

요즘 바쁜지 한시민이 불러주지는 않았지만 그가 마음에
들어 할 것 같은 것은 모조리 모아두었다. 다시는 안 부를 수
도 있지만 믿고 기다렸다.

사실 더 이상 부르지 않아도 잃을 건 없었다. 어차피 도굴해서 얻는 아이템들은 전부 부수입이었으니까. 약초를 팔아버는 돈은 도굴꾼이 되기 전이나 다음이나 큰 차이가 없었다.

그렇게 기다리다 보니 기회가 왔다.

한시민의 부름을 받자마자 모든 걸 내팽개치고 달려간 그가 지금껏 모은 것들을 쏟아냈다.

"와, 뭐가 이렇게 많아요?"

"하하, 열심히 팠습니다. 필요하신 게 있으면 말씀만 해주세요."

그의 기준으로는 이해할 순 없지만 한시민이 좋다고 산 아이템들보다 등급이 높은 것도 몇 개 있다.

자랑스럽게 그거부터 내밀었다.

"지난번에 이 옵션을 고르셨기에 따로 챙겨뒀습니다."

아이템을 확인한 한시민의 두 눈이 커졌다.

"헐, 뭐예요. 이거? 어떻게 이런 게……."

"사실 제가 도굴꾼이라. 열심히 파다 보니 이런 게 가끔 뜨더라고요. 물론 잘 뜨진 않아서 하나뿐이지만."

"……와."

한시민이 순수한 감탄을 내뱉었다. 동시에 기대가 잔뜩 치솟았다.

[무덤 속 귀한 반지]

* 등급: Epic Unique

* 착용 레벨: 45

* 옵션 1: 아이템 드랍 확률 +1%

* 옵션 2: 아이템 드랍 확률 +1%

'20만 원은 주겠지?'

수치로 따지면 지난번보다 4배는 좋으니 어쩌면 그 이상도 받을 수 있지 않을까 하는 희망도 있었다.

하지만 그에게 돌아온 건 그게 아니었다.

"저기, 혹시 길드 들어오실 생각 없으세요?"

"……예?"

악마의 손길이 그에게 뻗어졌다.

Episode 27.

안개 지역 비밀 상인

1

"예?"

"길드원이요, 길드원! 어떠세요?"

"아니, 갑자기 왜…….."

아무리 노다지라도 과한 친절엔 의심부터 할 수밖에 없다.

당연하다. 친구끼리 게임 하려고 만든 길드도 아니고 현재 레벨 랭킹 1, 2, 3위를 차지하고 있으며 당장 눈앞의 한시민은 무려 귀족 작위를 갖고 있는 데다가 이렇게 큰 영지까지 보유한 길드가 아닌가!

그런 곳에서 왜 나 같은 사람을. 혹시 내가 그럴 만한 가치 있는 사람이기 때문에?

"노다지 님이 가지고 있는 도굴꾼이 저랑 참 잘 맞는 직업인 것 같습니다. 제가 아니면 어디 쓰일 데도 없는 아이템들이지만 중요한 건 쓰일 곳이 하나라도 있다는 것이겠죠. 길드는 그냥 함께하기 위한 명분이고 저랑 계약하시고 지속적으로 이런 아이템들을 가져와 주셨으면 합니다."

"음."

긴가민가했지만 한 가지는 확신했다.

적어도 한시민은 그가 가져오는 아이템이 마음에 드는구나!

절로 어깨가 들썩였다.

잠시 불러주지 않는 공백 시간 동안 이제 더 이상 수입을 올릴 수 없는 건 아닐까 하는 걱정이 싹 가셨다. 동시에 진지해졌다.

취직, 계약.

게임 속이지만 결코 가볍게 다룰 문제가 아니다.

게다가 상대는 한눈에 봐도 돈을 무지막지하게 벌 것처럼 생긴 사람이 아닌가.

정갈하고 깨끗한 자세로 면접자의 마음을 갖췄다.

그걸 보며 수락으로 받아들인 한시민이 환하게 웃으며 조건을 제시했다.

"기본 월 100만 원 보장. 유니크 등급 이상의 아이템 가져올 시 10만 원 인센티브, 에픽이 붙으면 20, 스페셜은 40, 레전더리 80. 그 외에 잡옵션이 아닌 가치 있는 것들은 시세를 매겨 20% 할인된 가격에 넘기는 걸로. 어떠세요?"

"헉!"

주저리주저리 전문가처럼 내뱉었지만 다른 유니크 등급의 아이템 기본 가격을 생각해 보면 그야말로 사기꾼이나 다름없다.

하나 노다지에겐 결코 그런 느낌이 아니었다.

"물론 4대 보험도 들어드리겠습니다."

"그, 그렇게나……."

약초를 캐다 팔 때도 그렇고 게임을 시작하고도 그렇고 월 100만 원을 벌어본 적이 언제인가 기억도 가물가물하다.

가끔가다 남이 심어놓은 인삼이나 산삼 몇 뿌리를 훔쳐다 팔 때야 겨우 죽기 직전의 상황을 만회할 수 있었지.

그런데 그냥 게임만 해도 100만 원을 준단다!

물론 아무것도 하지 않으면 그대로 평생 아무것도 하지 않을 처지로 돌아가겠지만 어쨌든 시작부터 만족스러운 조건이었다. 거기에 더해지는 인센티브. 입이 떡 벌어진다.

"이, 인센티브는 마음에 들지 않으셔도 해당되는 사항인가요?"

"예, 도굴해서 나온 아이템에만 해당되는 조건입니다."

"헉."

잘 나오진 않는다. 하루 종일 파도 운이 좋아야 한 개, 운이 나쁘면 1주일을 파도 안 나올 수도 있다. 하지만 중요한 건 나오기만 하면 10만 원이 공짜로 굴러들어 온다는 것이다.

그뿐이랴!

운이 더 좋아지면 더 많이 번다.

배로!

'그럼 지금 이건…….'

20만 원짜리 아이템이라는 거네.

침이 절로 삼켜진다.

그 외에도 잔뜩 모아온 아이템 중에는 유니크 아이템만 2개가 더 있다.

벌써 40만 원.

계약하고 기본급을 받으면 이번 달엔 140만 원을 받는 것이다.

"어떠세요?"

"하겠습니다."

계약 조건을 상향시키기 위한 고민 따윈 하지 않았다. 노다지에겐 이것저것 따질 여력이 없었다.

당장 하늘에서 썩은 동아줄이든 뭐든 내려오기라도 해야 잡기라도 할 텐데 벌써 몇 년째 그냥 하늘만 보며 걸었다. 노예 계약이라도 가족만 배불리 먹일 수 있다면 받아들일 준비가 되어 있는데 그의 판단으로는 조건마저 좋다.

"그럼 계약서는 현실에서 만나서 적기로 해요. 길드 가입은 아무래도 제가 길마가 아니라 말 좀 나눠보고 말씀드릴게요. 혹시라도 가입하지 못하셔도 너무 서운해하지는 마세요. 어차피 길드는 그냥 게임 내에서 연락을 빨리하기 위한 수단일 뿐이니까요."

"물론입니다. 감사합니다, 감사합니다."

"잘 부탁드려요, 앞으로."

서로가 만족하는 계약!

대화를 나눈 뒤 다시 산더미처럼 쌓인 아이템들을 검토했다. 역시 유니크 밑 등급에선 한시민의 마음에 드는 건 찾기 쉽지 않았지만 그럼에도 둘 다 만족스러운 표정이었다.

'앞으로 이런 건 다 내 거다.'

한시민은 꿀옵션 아이템들을 독점으로 공급받을 수 있다는 가능성 때문에.

'어차피 중개 사이트에선 팔리지도 않는 거잖아. 팔릴 만한 옵션도 조금 할인하긴 하지만 바로 사주신다고 하고.'

노다지는 안정적인 수입이 생겼기 때문에.

역시 너무 순순히 진행되는 계약에 자신이 손해 보는 건 아닌가 하는 생각이 들었지만 그러는 사이에도 팽팽 돌아가는 머리는 결국 계약을 물릴 필요는 없다고 말해주고 있었기에 개의치 않았다.

확실히 한시민의 말은 틀린 게 하나 없다. 그가 아니면 살 사람도 없어 보이고. 게다가 욕심을 부리기엔 그에겐 부양해야 할 가족이 있다.

괜히 사람들이 안전한 철밥통을 지향하는 게 아니다. 위험을 감수하면 더 많은 돈을 벌 수 있겠지만 그건 어디까지나 기본적인 생계가 보장되어 있을 때의 이야기.

거래를 마친 노다지가 서둘러 로그아웃했다. 어서 아내와 딸에게 이 사실을 알리고 싶었다.

수많은 아이템 중 단 하나 건졌지만 한시민은 만족했다.

"무슨 드랍 옵션이 두 줄씩이나 붙지."

그것도 같은 옵션이.

이런 건 들어보지도 못했다. 하지만 그런 게 눈앞에 나타났다. 에픽 유니크라는 등급을 달고.

강화에선 아이템이 진화할 때나 에픽 등급이 달려 나오니 노다지는 운이 좋아 진화된 아이템을 캤다는 소리나 다름없다.

당연히 무덤에 에픽 유니크씩이나 되는 아이템을 누군가 묻어놨을 리는 없고 직업적인 특성이겠지.

전직한 지 얼마 되지 않은 상황에서 이런 행운이 터졌으니 미래의 전망은 두말할 것도 없고.

그래서 냅다 질렀다.

"매달 100만 원씩 나가는 게 조금 아깝긴 하지만."

거기에 마음에 들지 않아도 유니크 이상의 아이템이면 전부 사줘야 한다.

많이 나오진 않으리라.

다만 한 푼이라도 아끼는 게 습관이 된 한시민에겐 고통의 시간일 수밖에 없다. 그럼에도 든든한 통장은 그에게 그런 계약을 제안하게끔 만들었다.

물론 전적으로 그에게만 좋은 계약이다. 현실에서나 게임에서나 희귀하거나 독특한 옵션의 물건을 독점할 수 있는 기회란 값을 매길 수 없으니까.

다른 조건이 있다면 그 물건을 가공해 보석으로 만드는 기술이 한시민에게만 있다는 정도?

그러니 긍정적으로 생각하기로 했다. 영지에 돌아왔고 때마침 원하는 아이템을 구했으니까.

"이거 강화하면……."

행운의 반지보다 기본 드랍 확률이 4배나 높다.

15강 강화했을 때 행운의 반지가 10.5%의 드랍 확률이 붙었으니 이건 최소 42%가 붙는다는 뜻.

거기에 운이 좋아 강화 대박이라도 터지면 더 붙겠지.

"미쳤다."

적어도 남들보다 각성제를 두 배는 챙길 수 있으리라.

그걸 생각하면 굳이 이번엔 스페셜 오라로 변경되지 않아도 된다는 생각이 들었다.

되면 좋지만 뭐.

"나만 잘 먹고 잘살면 되지."

항상 원하는 대로 되는 게 아니니까.

괜히 집착하면 베타고 그 또라이가 엿 먹어보라고 더 괴롭힐 수도 있다.

그런 편한 마음으로 길드 대화를 열었다.

"설아 씨."

잠깐의 기다림과 대답.

ㅡ네?

"사냥 중이신가요?"

ㅡ네, 무슨 일 있으세요?

사냥 중이라는 대답이 나오자마자 치고 들어간다.

"혹시 길드원 한 명 추천해도 되나요?"

생각할 시간을 주지 않는다!

사냥 중이라면, 몬스터와 전투 중이라면 이 짧은 시간 냉정하게 판단하긴 힘들겠지.

"같이 다닐 건 아니고 저처럼 서포트해 줄 분인데 저번에 이것저것 잔뜩 가져온 사람 있죠? 무덤 파서 아이템 구해오는 분. 그분이……."

거기에 그럴듯한 이유도 잔뜩 갖다 붙이면 판단이 흐려지고 고개를 끄덕일 가능성도 생긴다. 정설이라 확신할 순 없지만.

안 된다고 해도 받아들일 준비는 했다. 길드에 가입하면 부려먹기 편하고, 다른 마음을 먹고 있지 않나 단속할 수도 있으며, 나름 소속감으로 다른 마음 자체를 생기지 않게 할 수도 있으니까 선택했을 뿐이지 굳이 가입시키지 않아도 문제될 건 없기에.

'그 사람 때문에 내가 탈퇴하는 건 말도 안 되고.'

이럴 때 보통 강하게, 이 사람 가입시키지 않는다면 내가 탈퇴해서 길드를 만들겠다는 전개가 일반적이지만 한시민은 결코 그런 멍청한 생각은 하지 않았다.

스페셜리스트의 만남 자체가 그의 인생에선 하늘에서 쏟아지는 행운이나 다름없는데 그를 버리고 어딜 간단 말인가! 포기했으면 노다지를 포기했겠지.

"그러니까 내키지 않으시면 안 하셔도……."

-네, 괜찮아요. 전.

"예?"

-시민 씨 추천이면 충분히 받을 만하죠. 그런데 저희가 지금 사냥 중이라, 영지에 돌아가면 가입하기로 해요.

"……네."

뭐지? 이 허무함은.

허무함이 채 가시기도 전에 강예슬의 목소리가 들려왔다.

-뭐야? 여자야?

"거기서 왜 성별이 나오지?"

-아니, 예뻐서 한눈에 꽂혀서 가입시키려는 거일 수도 있잖아.

"아저씨다."

-쳇, 아쉽네. 잘생긴 남자였으면 좋았을 텐데. 또 호구 한 명 낚였나 보네. 길드까지 가입시키는 거 보면 쓸 만한 호구인가 봐?

"어허! 못하는 소리가 없네. 호구 아니라 동료!"

-동료를 가장한 호구.

"……."

부정할 순 없었다.

그래도 허락을 받았으니 더 이상 대꾸하지 않고 침묵을 유지했다. 그러곤 짐을 챙겼다.

찝찝하리만치 일이 원하는 대로 진행됐지만 어디 살면서 이상한 일이 한두 가지인가!

기승전돈.

돈만 벌면 된다.

한시민이 다시 산맥을 향해 떠났다.

정설아의 일방적인 결정에도 둘은 아무런 토를 달지 않았다. 상관도 없을뿐더러 그녀의 결정을 믿기 때문. 또 한시민을 누구보다 잘 알기 때문.

"누군지 몰라도 불쌍하다."

"쯧쯧, 어쩌다 그놈한테 걸려서."

돈을 위해서라면 영혼도 팔아먹을 놈이 적당히 이용해 먹는 게 아니라 본격적으로 길드에까지 끌어들인다? 모르는 사람을?

아니, 그들 역시 한 번 보기 했으니 초면은 아니지만 어디까지나 거래하는 사이였을 뿐이다. 거기서 갑작스럽게 길드에 가입시킬 정도로 친해졌다?

한시민이 자선사업을 한다는 급의 어이없는 말이다.

무언가 꿍꿍이가 있겠지.

그리고 그 꿍꿍이는 결코 스페셜리스트에게 독이 될 것은 아니리라.

그나마 한시민은 그들에게 혜택을 주는 편이니까.

"길드원이 더 늘 거라곤 생각 못 했었는데."

"게임인데 뭐."

"어차피 적응 못 하면 나가겠지."

게다가 이번 길드 가입은 한시민처럼 셋과 인연을 만들고 가입한 경우가 아니다. 굳이 셋이 신입 길드원이라고 잘해줄 필요도 없으며 길드라는 울타리 때문에 억지로 친해질 생각도 없었다. 어디까지나 게임이니까.

길드도 소통을 위해 만들었을 뿐.

제삼자 입장에서 방관하며 지켜볼 것이다.

그러다 어울리고 적응하면 혹시 모르지. 넷에서 다섯의 완벽한 스페셜리스트가 될지.

그렇게만 된다면 한시민이 들어오고 한 발자국 도약했던 것처럼 더 많은 격차를 벌릴 수 있으리라.

"내기할까?"

무엇이 되었든 확실한 건 이 말은 틀리지 않다는 것이다.

유유상종.

2

수십억을 처먹일 땐 잔뜩 후회가 되었지만 막상 쓰임새가 생기니 이보다 뿌듯할 수가 없다.

"날아! 더 빨리! 옳지. 저기!"

강화하는 데 시간이 말도 못 하게 단축된다.

걸어 다니는 것보다 마차가 빠르고 마차보다 빼액이가 빠르다. 그 격차가 몇 배씩 나니 과연 비싼 돈을 투자해 공중 펫을 구한 보람이 느껴진다.

"더 빨리! 내가 괜히 몇십억씩 처먹인 줄 아니? 일해라!"

"빼액!"

비록 금광에 어슬렁거리는 몬스터 하나 처리하지 못할 만큼 아직 약하지만 괜찮다. 사람이든 동물이든 물건이든 어디에든 쓰임새가 있는 법이니까.

한시민은 그 차이를 인정하고 빼액이를 열심히 부려먹었다.

덕분에 빠른 시간 내에 완성된 15강 아이템!

[+15 특별한 행운의 반지]

* 등급: Epic Unique

* 옵션 1: 아이템 드랍 확률 +1%(+25%)

* 옵션 2: 아이템 드랍 확률 +1%(+25%)

* 옵션3: '짙은 붉은 오라' 효과 적용

–방어력 +20

–공격력 +10

–아이템 드랍 확률 +1%

운이 좋아 강화 효과 상승이 터져 무려 10%의 옵션이 더 붙었고 오라 옵션에도 랜덤으로 1%가 붙었다.

아쉽게도 버프 형태로 쓰지는 못하겠지만 상관없었다. 각성제 공장을 돌릴 수 있는 좋은 기회는 다른 형태로 돈을 버는 것으로 만회하면 되니까.

"바로 날아가자."

"빼애액!"

아이템 드랍 확률이 무려 64%나 더 붙는다.

만약 안개 각성제가 몬스터에게서 나올 확률이 10%라 하면 한시민에겐 74%가 적용되는 셈!

물론 아직까지 판타스틱 월드의 아이템 드랍에 관한 공식이나 패턴이 어떻게 되는지 몰라 확신할 순 없지만 그래도 지금까지 게임을 하면서 느낀 바로는 결코 안 좋은 패턴은 아니라는 것.

경험치 버프 역시 어찌어찌 올리고 나니 엄청난 효율을 보이지 않는가.

그를 지금의 벼락부자로 앉게 만들어준 일등 공신!

본인이 효과를 볼 수 없는 점이 아쉽긴 했지만 뭐든 강화해서 손해 본 적은 없다.

그렇기에 믿었다. 언제든 돈을 걸지 않는 믿음은 손해 볼 일이 없다.

판타스틱 월드의 시간은 빠르게 흘렀다.

하루 종일 게임만 하며 레벨이니 아이템이니 스펙 업그레이드하기 바쁜 유저들에겐 안 그래도 빠르게 흐르지만, 특히나 메인 퀘스트를 누가 혼자 다 처먹느냐를 두고 경쟁할 땐 정말 하루가 언제 지나갔는지도 인지하지 못할 정도로 빠르게 지나간다.

특히 메인 퀘스트 2막의 마지막 챕터를 독식할 가능성이 가장 높은 두 세력!

스페셜리스트, 그리고 켄지.

눌 모두 시간을 확인할 틈 따위는 조금도 없는 미지의 산맥에서 사냥하고 있지 않은가.

안개가 올라간 2시간 동안 그 후 네 시간을 위해 미친 듯 사냥한다. 그리고 안개가 내려오면 구해둔 각성제를 먹고 기다렸다는 듯 경험치를 쓸어 담는다.

무한 반복.

지금껏 단 한 번도 느껴보지 못했던 빠른 성장에 휴식 시간 따위 잡을 생각도 들지 않는다.

물론 둘 다 이런 장기전에 있어선 전문가들이기에 모든 걸 불태우는 사냥을 할 리는 없다.

적당히 휴식도 가끔 취한다. 그 휴식이 각성제 여유분을 만든 다음의 것이라는 게 조금 문제일 뿐. 그나마 그것도 시간이 흐르고 나니 정착되었다.

꼴이 꾀죄죄해질수록 레벨 업 속도는 올라가는 둘!

덕분에 레벨 격차는 점점 줄었다.

"2레벨 차이로 줄었습니다, 길마님."

"다이노 힘이 큽니다. 더 열심히 해보죠."

"네."

같은 사냥터일 경우 인원 차이부터 화력 차이, 들어가는 돈의 차이까지 시간당 먹는 경험치의 양은 켄지가 압도적일 수밖에 없기 때문.

무엇보다 켄지 길드는 길드원들 모두가 최소한의 경험치만 먹고 켄지를 밀어주지 않는가.

레벨의 불균형은 점차 심해지더라도 1인 원맨 길드의 콘셉트엔 이보다 더 잘 맞을 수 없다.

하지만 부작용이 없는 건 아니었다.

"각성제 구하는 게 문제입니다. 어느 정도 체계를 갖췄다고는 하지만 이런 식으론 언젠가 한계에 부딪치고 맙니다. 로그아웃당하는 길드원들도 하나둘 생기기 시작했고요. 각성제에 대한 보다 효율적인 대안이 필요합니다."

"흐음."

드랍율!

그게 사실상 100명 가까이 되는 켄지 길드의 가장 큰 문제였다.

아니, 길드의 문제라기보다 그냥 사냥터 자체의 문제리라.

알면서도 쉽게 해결할 수 없는. 그저 운에 맡겨야 하는.

이보다 답답한 게 어디 있을까. 차라리 돈을 써서 해결될 문제라면 벌써 해결하고 앞서 나갔을 텐데.

"어디서 살 수 있으면 좋을 텐데."

아쉬운 마음에 켄지가 중얼거렸다.

정말 마음 같아선 유저들에게 공고라도 내고 싶었다. 각성제를 비싸게 주고 살 테니 와서 사냥 좀 하라고.

하나 이미 그의 이미지는 다른 유저들에게 그런 뻔뻔한 말을 할 정도로 대단하지도 않았고 돈 하나만 보고 오기에 이 사냥터의 수준이 너무나도 높다.

여기서 버티면서 사냥할 정도의 팀이라면 각성제를 가져다가 팔아 돈을 벌 생각보단 그걸 이용해 본인들의 성장을 추구할 테니까.

그렇게 해결 방안을 찾지 못한 채 사냥하고 있던 켄지 길드에게 얼마 뒤, 이상한 소문이 들렸다.

3

소문의 근원은 판타스틱 월드 커뮤니티였다.

미지의 산맥 원정대는 드넓은 대륙 유저들에게 꽤 큰 관심을 끌었고 희귀한 콘셉트의 사냥터와 많은 경험치를 얻을 수 있다는 말에 혹한 다른 왕국의 고레벨 파티들이 하나둘 모이기 시작했었다.

당연히 3천만을 향해 가는 판타스틱 월드에서는 일어날 수 있는 일. 그 넓은 사냥터에 스페셜리스트와 켄지 길드만 있는 것도 웃기는 일이다.

그들이 남들보다 운이 좋아 조금 앞서갈 뿐, 세상은 넓다는 말은 절대 무시할 수 없는 말이니까.

그렇게 고수들이 몰려가고 레벨 업 속도가 확연히 빠르다는 게 증명되는 순간.

50레벨부터 아이템과 실력, 파티원들과의 호흡만 맞으면 레벨 업 속도가 빠른 꿀사냥터로 소문이 났고 최상위 유저들이 애용하는 핫플레이스로 선정되었다.

메인 퀘스트 따위 또 한 번 묻혀 버리는 순간!

어쨌든 그런 상황에서 한 유저가 글을 올렸다.

—어제는 조금 이상했음. 빌어먹게도 두 시간 동안 1분도 안 쉬고 스무 마리 넘게 잡았는데 각성제가 하나도 안 뜨는 거임. 생각할수록 열 받는데 어쩌겠나. 안 떴는데. 안개는 내려오고 내빼자니 안전지대까지 거리는 멀고. 비축도 없는데 셧다운 됐지. '아, 망했네' 하는 마음에 그래도 운에 기대보자 하며 한참을 기다리는데 글쎄 웬 이상한 NPC 하나가 다가오는 거 아님?

미지의 산맥에서 사냥하는 이라면 충분히 공감될 만한 내용.

서론에서부터 주작이 아니라는 댓글들이 깔렸다. 그곳에서 사냥하는 이는 얼마 없지만 대부분은 최상위 유저이고 그들은 방송을 하기에.

단 몇 시간만 방송을 시청해도 그곳의 각성제 드랍률이 얼마나 극악인지는 알 수 있다. 그래서 흥미로웠다.

NPC라니. 인간의 흔적이라곤 티끌만큼도 찾아볼 수 없는 산맥에서?

—사실 처음엔 몬스터인 줄 알고 공격하려 했음. 그런데 다 피하

더니 말을 거는 게 아님? 인간들이군. 어쩌구저쩌구. 아이가 없어서 기억은 잘 안 나지만 녹화본 돌려보면 알 수 있음. 그게 중요한 건 아니지만. 막 별 이상한 말 내뱉으면서 그러더라고. 혹시 투시의 알약이 필요하지 않느냐고. 굳이 그게 뭐냐고 물을 필요는 없었음.

글을 보는 사람들도 그게 뭐냐고 댓글 다는 이는 없었다.
뻔하니까.
안개 속 NPC, 보이지 않는 유저, 그리고 투시의 알약.
누구나 그게 안개 각성제임을 알 수 있다.

─바로 사겠다고 했지. 몇 개 살 수 있냐고 물으니 원하는 개수를 말하라 함. 와, 진짜 대박이다 싶었음. 어디서 나타난 NPC인지는 몰라도 2시간 사냥해도 떨어지지 않는 각성제를 살 수만 있으면 얼마를 쓰든 손해는 아닐 테니까. 독한 마음 먹고 한 100개 달라고 했지.

사람들은 여기서 부러움을 느꼈다.
각성제 100개.
하루에 1인 4개를 쓴다고 가정하면 4인 파티 기준 1주일은 버틸 수 있는 양이다.
그렇게 버티면서 비축분을 모으면 운이 좋을 경우 한 달은 사냥에 문제가 없겠지.

하지만 반전이 있었다.

–그런데 못 샀음, 시발. 아직도 생각하면 그게 제일 어이없네. 아니, 무슨 NPC가 100개 달라고 했더니 가장 먼저 묻는 게 뭔지 앎? 돈 있냐고 물었음. 안개 속에서 다니는 주제에, 돈을 어디다 쓴다고. 뭐, 몬스터 사냥해서 재료 모아오라는 것도 아니고. 그럴 수도 있겠다 싶었고 가지고 있는 돈도 있으니까 일단 고개는 끄덕였는데 개당 10골드라네? ㅋㅋㅋ 어이가 없어서. 100개면 1,000골드, 1억이라는 뜻임. 내가 미쳤다고 사겠음?

입이 떡 벌어지는 가격!

누구도 예상하지 못했다.

–응, 샀음. ㅋㅋㅋㅋㅋㅋㅋㅋ 사게 되더라. 그 어이없는 상황 속에서도. 100개는 못 샀는데 우리 파티원들 몫까지 네 개. 40골드 주고 샀음. 어쩌겠나. 그러고 앞도 못 보는 장님으로 있다가 죽으면 그보다 더한 손해를 볼 수도 있는데. 알약 먹자마자 뭐 하는 새끼인지 면상이나 보려고 했는데 이미 사라진 상태더라. 참 판타스틱 월드 이름만큼 판타스틱한 게임이라는 걸 새삼 느낌.

마무리까지 스펙터클할 줄은.

이 글은 곧바로 베스트 게시글로 올라갔고 주작이니 뭐니 오만가지 댓글이 다 달렸다.

분위기는 대체로 거짓이라는 쪽이었다. 시작이야 그럴듯했지만 뒤로 갈수록 믿고 싶지 않을뿐더러 와닿지도 않는 금액이기에.

하나 그 분위기는 채 며칠을 가지 못했다. 뒤이은 인증 글들이 한두 개씩 올라오기 시작했으니.

화력은 부족하지만 글을 쓴 자들의 닉네임은 불씨를 다시 지피기에 충분했다.

-저도 샀습니다. 제가 살 땐 다행히 각성제를 먹은 상황이라 필요는 없었는데도 나타나던데요? 뭐 하는 놈인지 면상부터 보려고 했는데 두꺼운 로브를 걸치고 특수 옵션이 달려 있는지 속은 보이지 않더라고요. 굳이 히든 NPC 같은데 건드려서 손해 볼 필요는 없을 것 같아 공격해 보지는 않았습니다. 저희한테도 개당 10골드를 제시했었습니다. 혹시 숨겨진 퀘스트 같은 게 있나 싶어 다섯 개만 사봤고요. 별다른 일은 일어나지 않았습니다.

-진짜 퀘스트가 있을지도 모르겠네요. 미지의 산맥은 현재 메인 퀘스트 2막 마지막 챕터가 진행되는 장소라는데. 혹시 단서가 있는

건 아닐까요? 저도 거기서 사냥 중인데 다음에 만나면 10개 사보겠습니다.

그리고 불붙는 추리!

그저 신기한 현상으로만 생각했던 사람들은 마지막에 달린 베스트 댓글에 그쪽으로 생각의 폭을 넓혔다.

그러자 놀랍게도 미친 가격의 각성제를 구입하는 유저들의 인증 글들이 줄을 잇기 시작했다.

─10개 사봤는데 별일 없네요.

─15개 별 이상 없습니다.

─20개도요.

─ㄷㄷ 금수저들.

─이런, 최소 30개는 사야 하는 건가.

분위기는 분위기를 만든다.

안개 산맥의 화제는 그 속에서 가끔 나타나는 미지의 상인에 대한 이야기와 그 비밀을 풀기 위한 도전으로 흘러갔다.

마치 누군가가 그쪽으로 유도라도 한 것처럼 빠르게.

특이점은 계속됐다.

-뭐지? 오늘은 개당 14골드 부름.

-??? 나한텐 15골드 부르던데?

-엥? 글은 안 썼는데 어제 전 8골드에 샀음.

-뭐야, NPC 주제에 시세도 있음?

시세뿐이랴.

시간이 지날수록 흥미로운 점들은 계속 발견됐다.

안개 속에서 각성제를 파는 상인이 발견된 지 일주일째 되는 날!

-그런데 이상하지 않음? 히든 NPC 나올 때 몬스터가 같이 나왔다는 말은 한 번도 안 나온 것 같음.

-우연이겠지.

-한두 번이야 우연이지. 대충 어림잡아도 지금 커뮤니티에 안개 산맥 사냥하는 팀만 스물이 넘는 것 같은데 한번 댓글 달아보셈. 안개 상인 나올 때 몬스터 본 사람?

-…….

-없네?

소름 돋는 우연이다.

그리고 판타스틱 월드를 플레이하는 최상위 유저들은 이를 결코 우연이라 치부하지 않는다.

－진짜 뭐 있는 거 아님?

－이 정도면 히든 NPC 맞는 것 같은데.

－아니면 NPC가 오는 몬스터들을 처리하나?

－ㄴㄴ 그건 아님. 비밀 상인 사라지고 나면 언제 그랬냐는 듯 몰려오던데.

안개만 내려오면 네비게이션에 좌표라도 찍었는지 꼭 두세 번은 모습을 보이는 몬스터들이다.

특히 막 내려왔을 때, 두 시간의 공백을 메우기라도 하듯 활발히 움직이는 몬스터들이 안개 상인이 나타났다고 기다려 준다?

다른 온라인 게임에선 시스템적으로 가능한 일일지 몰라도 현실감 넘치는 판타스틱 월드에선 결코 불가능한 일이다.

혹여 정말 중요한 NPC라 해도 그런 상황에서 퀘스트를 진행하는 와중에 몬스터들의 습격을 받아 죽어도 이상하지 않은 게임이지 않은가.

한없이 자유로운 현실감!

그 때문에 사람들의 의심은 점점 커져만 갔다.

어떠한 시스템적 보호도 받지 못함에도 안개 속에서 유유히 돌아다니며 유저들에게 구하기 힘든 안개 각성제를 파는 한 명의 안개 상인.

처음에야 몰랐지만 시간이 지나면서 그게 얼마나 어려운 일인지 깨닫는 순간 경각심은 커졌다.

—1명이 아닐 가능성은?

—낮음. 있을 수도 있지만, 동시에 발견했다는 제보는 못 본 것 같음.

—잠시 협력하는 게 어떰? 안개 지역에서 사냥하는 팀장들만 따로 쪽지 주세요. 일시적인 대화방 만들게.

—콜. 이러다 진짜 메인 퀘스트 낚는 거면 손해 볼 건 없지.

—솔직히 메인 퀘스트 포기하고 있었는데. 이 정도면 다시 도전해도 되겠는데?

—아니면 선두 붙잡고 늘어져도 괜찮을 것 같음.

그리고 종국엔 이런 일까지 벌어졌다.

어쩔 수 없다. 늘 온몸을 칭칭 감은 로브를 쓰고 다니는 비밀 상인에 대한 그 어떤 증거나 단서, 정보가 없음에도. 고정 관념과 게임의 맥락을 고려해 보면 이런 답이 나오니까.

특별하다, 뜬금없다.

두 단어에서 파생되는 결과는 곧 해결할 수 없는 문제에 대한 답으로 이어지는 경우가 많기에.

　-비밀 상인 레이드 해보는 건 어떰?
　-무리일 것 같은데.
　-그건 마지막에 하기로 하고 우선 대화할 조건을 맞춰야 할 것 같은데…….

　마치 스핑크스의 문제를 풀기 위해 도전하는 사람들처럼 커뮤니티가 들썩였다.
　그리고 그것은 유저들이 자연스럽게 미지의 산맥으로 향하게 하는 현상을 초래했다.

4

　당연히 켄지 길드도 커뮤니티의 상황을 알고 있었다.
　"각성제를 파는 비밀 상인이라."
　언제나 각성제의 부족함을 느끼는 켄지에게 이보다 기꺼운 소식이 어디 있겠는가.
　자연스럽게 흥미가 돋았다.
　비싼 가격이 마음에 들진 않지만 그래도 한 달, 아니, 메인 퀘스트 완료 전까지 스페셜리스트와 벌어진 격차를 줄이는

데 쓰는 돈이라면 충분히 소비할 마음가짐 정도는 갖추고 있었다.

해서 준비했다.

"매일 가격이 다르니 7골드 선까지 떨어지면 모조리 구입합니다."

"네, 길마님."

미리 모아두었던 골드들!

게임에서 돈을 모으는 취미가 없는 켄지에겐 이럴 때 쓰려고 준비된 돈들이다.

그 금액만 무려 3만 골드.

물론 전부 쓰진 않을 것이다. 매일 각성제의 시세가 변하는 걸 보면 비밀 상인이라고 무한정으로 각성제를 들고 다니는 것 같지도 않고.

더도 말고 덜도 말고 천 개!

그거면 충분하다.

그 정도 개수면 원하는 만큼의, 원하는 속도로 레벨 업을 할 수 있으리라.

또 각성제 가난에서 벗어나 비축의 길로 접어들 수 있을 테고.

그렇게 오늘은 안개 속 사냥보다 비밀 상인을 찾는 데 혈안이 된 켄지 길드였고 그걸 알고 있었다는 듯 비밀 상인이 모습을 드러냈다. 은밀하게.

"인간들이군. 안개는 그 어떤 생명체에게도 자비가 없지. 안개를 투시할 힘이 필요한가."

"몇 개나 살 수 있지?"

켄지가 침착하게 물었다.

어찌 됐든 비밀 상인이고 뭐고 NPC다. 말 한마디에 거래가 틀어질 수도 있고 가격 자체가 원하는 만큼 나오지 않을 수도 있다.

천하의 켄지라도 비위를 맞추기 위해 눈치를 볼 수밖에 없었다.

로브에 싸여 볼 눈치가 없었지만.

"원하는 개수를 말해보라."

하나 비밀 상인은 고개를 저었다.

제시하라는 상대에게 당당히 역제시를 치는 패기!

켄지가 옅은 침음을 흘렸다.

역시 만만치 않군.

커뮤니티에서 들어 알고는 있었다만 필요한 물건을 갖고 흥정하는 고작 몇 마디에서도 노련함이 드러난다.

흔들리지 않고 꿋꿋이 대처했다.

"1,000개가 필요하다."

보통의 사람들은 여기서 내가 먼저 말했네 어쨌네 하면서 실랑이를 벌일지도 모른다. 그리고 켄지 역시 그가 갑의 위치에 있었다면 그런 식으로 트집을 잡아 유리한 위치에 섰을 테고.

하지만 상대는 그런 게 통하지 않는 0과 1로 이루어진 NPC다.

제아무리 현실감 넘치는 세상일지언정 머릿속에 박힌 생각과 가치관은 그 누구보다 확고하고 실수가 없으리라. 특히 베타고가 공을 들여 만들었을 이런 스페셜 NPC들은.

지고 들어가는 게 편하다.

게임에서 변하지 않는 절대불변의 진리.

최상이 아닌 최선을 노려라.

"1,000개는 불가능하다."

"살 수 있는 만큼 사고 싶다."

"으음."

그게 통했는지 비밀 상인은 말을 멈추고 켄지 길드원들을 훑었다.

마치 얼마나 줄까 고민하는 듯한 행동!

슬쩍 기대감이 생겼다.

그래도 길드원이 100명은 되는데 100개는, 아니, 한 사람당 하루치를 잡아 4개씩만 팔아도 된다.

오늘만 날이 아니니까.

그렇게 구매하면 무려 400개.

골드로 따져도 엄청나니 커뮤니티에서 떠들어 대는 메인 퀘스트로 향하는 지름길 퀘스트를 받을지도 모른다.

"스무 개. 그대는 강해 보이니 스무 개를 주겠다."

"……."

꿈이 한순간 물거품이 되었다. 너무나도 현실적인 숫자에 잠시 멈칫한다. 그러나 비밀 상인은 켄지의 당황과는 별개로 선심을 써대기 시작했다.

"그대는 안개가 내려앉은 지옥에서 살아남을 자격이 있어 보이는군. 아쉽군, 아쉬워. 이럴 줄 알았으면 더 많이 가져오는 것인데. 알약은 하나에 20골드만 받겠다. 그리고 그대에 대한 자격을 시험하기 위해 매일 찾아오겠다."

"……!"

절대 반기고 싶지 않은 과한 선심!

아니, 왜 나만 20골드야.

따지려던 켄지의 말은 마지막까지 이어지는 비밀 상인의 제안에 목구멍에서 쏙 들어가 버렸다.

무려 400골드어치 덤터기다. 게다가 각성제 20개는 그가 하루 종일 사냥하면 충분히 모을 수 있는 숫자.

'퀘스트!'

하지만 남들이 얻지 못한 퀘스트의 등장 조건이라면 말이

다르지.

켄지가 흔쾌히 골드 주머니에서 골드를 꺼내 건넸다. 동시에 머릿속에 얼마 안 되는 시간 동안 본 비밀 상인의 정보와 커뮤니티에서 봤던 정보들 간의 조합이 이루어졌다.

'자격. 구매할 수 있는 개수의 차이. 개당 가격. 시험. 매일 찾아온다.'

그만의 계산이었지만 꽤나 그럴듯한 결론이 나왔다.

"시세가 아니었습니다. 레벨, 메인 퀘스트 진행 정도에 따른 조건이었어요. 조건이 되는 자에게 각성제의 개수 한계가 늘어나고 그걸 구입하는 것으로 퀘스트 수행 조건이 충족되는 거라니."

"⋯⋯!"

훌륭한 추리이지 않은가. 조건도 딱딱 들어맞고.

길드원들이 고개를 끄덕였다.

그게 의미하는 바는 끝없는 골드의 소비를 가리키고 있지만 어차피 그들이 소모하는 골드가 아니다.

"그럼 내일 다시 오겠다."

그렇기에 누구도 이 어이없는 과소비 앞에서 단 한마디도 하지 않았다. 이미 기대에 잔뜩 부풀었으니까.

적응조차 힘겨운 상황 속 메인 퀘스트 2막을 끝낼 단서를 발견했다는 꿈에.

스페셜리스트에게도 비밀 상인이 찾아왔다. 엄밀히 말하자면 운이 좋아 만난 것이지만.

세 명의 실루엣을 보고 다가가다 낯익은 얼굴에 멈칫하는 비밀 상인.

잠시 망설이다 이내 다가간다.

"어? 비밀 상인이다."

"각성제 파는 NPC?"

"응, 언니. 우리도 몇 개 사자."

"아직 여유분은 충분해."

"에이, 세상일은 아무도 모르는 법. 그러다 갑자기 안 뜨기라도 해봐."

"며칠 안 떠도 괜찮으니까 엄한 데 돈 쓸 생각하지 마."

"쳇."

하나 말을 꺼내기도 전에 입구 컷 당했다.

"……."

"안 사요."

"……."

"안 해요. 안 먹어요. 안 봐요."

민망해서라도 돌아갈 법한 철벽!

"언니, 이 NPC가 메인 퀘스트 마지막 챕터 빨리 깰 힌트 주는 NPC라는 말이 있는데 그렇게 막 철벽 쳐도 돼?"

"괜찮아. 어차피 실마리는 발견했어."

들어갈 틈 없는 방어에 비밀 상인이 잠시 침묵하다 정설아에게 손을 내밀었다.

펼치자 보이는 다섯 개의 알약.

"개당 20실버."

"안 사……?"

거절하려던 정설아가 멈칫한다.

그녀가 돌아보지도 않고 거절한 이유는 커뮤니티에 떠돌던 가격 때문이지 두 시간을 사냥해 운이 좋아야 얻을 수 있는 양의 각성제가 1골드밖에 안 한다면 말은 달라진다.

"여기요."

슬쩍 1골드를 손바닥에 올려놓고 각성제를 챙긴다.

태세 변환 수준이 눈에 보이지도 않게 빠르지만 표정은 전혀 변화가 없다.

피식.

웃음을 흘린 것 같은데 착각이었을까?

비밀 상인이 이번엔 강예슬에게 다가갔다.

"오, 나야. 나. 난 10개 줘요!"

비밀 상인은 그녀가 원하는 대로 10개의 알약을 내밀었다.

강예슬이 2골드를 꺼냈다.

손바닥이 굳게 닫혔다.

"왜?"

"개당 10골드."

"엥? 왜!"

"개당 10골드."

"아니! 그러니까 왜!"

"사기 싫으면 말아."

"사! 산다고! 사!"

뜬금없이 자존심에 스크래치를 저도 모르게 입은 강예슬이 20골드를 꺼냈다.

왜인지는 모른다. 목소리를 들은 순간 기분이 나빠졌다. 저 건방진 목소리에게 지고 싶지 않았다.

100골드를 챙긴 비밀 상인이 이번엔 정현수에게 다가갔다.

알약은 세 개였다.

"……난 왜 3개냐."

"개당 100골드."

"…….''

말도 안 되는 가격.

할 말을 잃은 정현수의 손 위에 비밀 상인이 알약을 얹어주었다.

"농담이고 이건 다 팔고 남은 건데 서비스로 털어드릴게요."

그리고 로브를 벗었다.

"헐."

"⋯⋯?"

"에엑?"

로브 속엔 한시민이 있었다.

아주 만족스러운 미소와 함께.

5

"뭐, 뭐야!"

"뭐긴 뭐야, 나지."

"⋯⋯안개 상인이 시민 씨였어요?"

"그렇게 됐네요, 하하."

로브를 벗어 던지자 사방에서 토끼들이 몰려왔다. 어깨엔 그제야 시원한 공기를 마신다는 해방감에 날개를 펴는 빼액이가 있었고.

예상하지 못했던 결과에 충격은 이어졌다.

"갑자기 비밀 상인이라 이상하긴 했는데."

"왜 생각 못 했을까. 사람들 등쳐 먹는 게 딱 시민 오빠 스타일이었는데."

"대체 얼마를 번 거야."

멋쩍게 머리를 긁적인다.

사실 스페셜리스트에게도 굳이 밝힐 생각은 없었다. 비밀이란 건 원래 아는 사람이 적을수록 들킬 위험이 줄어들고, 알려줄 이유도 전혀 찾지 못했기에.

무엇보다 알려주지 않았기 때문에 마지막까지 벌어먹을 수 있지 않았는가.

"아니, 생각해 보니 어이없네. 우리한테까지 바가지를 씌우다니. 너무한 거 아니야, 오빠?"

"우리라니. 난 설아 씨한테 분명 싸게 줬는데."

"고마워요."

"아니에요. 우리 사이에 무슨."

"그러네. 현수 오빠! 한마디 해봐. 오빠한테도 100골드 달라고 했잖아."

"……."

기분은 더럽지만 떨이를 공짜로 받은 정현수도 할 말이 없었다.

결국 덤터기 쓴 건 강예슬 혼자!

"우씨."

억울함에 몸을 떨었지만 승자는 매정했다.

"그나저나 토끼들은 안개 속에서 보이는 거예요?"

"원래는 못 보죠."

"그럼……."

그러거나 말거나 반가운 재회에 회포를 푸는 정설아와 한 시민은 정답게 대화를 나누었다.

대부분 궁금했던 점에 대한 질문과 답변!

과연 판타스틱 월드에 인생을 올인한 사람들의 대화.

한시민이 회심의 미소를 지으며 왼쪽 눈동자에서 렌즈를 빼냈다.

"……?"

원래는 없던 아이템!

스페셜리스트에 새로 들어온 복덩이가 가져다준 행운 덕분에 얻은 보물!

내미는 렌즈를 받아 든 정설아가 옵션을 확인했다.

"헉!"

그리고 숨을 들이켰다.

[+13 진실을 꿰뚫는 눈]

* 등급: Epic Unique

* 옵션 1: 아이템 착용 시 '안개 각성제' 복용 효과 적용

* 특수 옵션 1: 오라 효과 진화(특수 오라)

* 특수 옵션 2: '특수한 짙은 황금 오라' 효과 적용

−5m 범위 내의 아군에게 아이템 옵션 적용

"아직 범위가 마음에 들지는 않지만 뭐, 쓸 만하더라고요."

"이거 어디서 구하셨어요?"

초롱초롱한 눈빛이 한시민을 향한다.

뭇 남성들이라면 심장이 두근거리고 숨이 가빠지고 사랑에 빠질 만한 아름다움!

그런 그녀가 저도 모르게 가까이 다가왔으니 어떻겠는가.

뜻밖의 접촉에 한시민이 한 걸음 물러섰다. 고자라서가 아니다.

'큰일 날 뻔했다.'

그 역시 건장한 남자이기 때문!

하마터면 난 다시 구할 수 있으니 가지라고 말할 뻔했다.

그렇게 점수를 따고 싶을 정도로 무언가에 꽂힌 정설아는 매력 넘쳤다.

"쯧쯧. 빠졌네, 빠졌어."

"시끄러."

마음의 안정을 되찾은 뒤 렌즈를 주는 대신 정보를 주었다.

"운 좋게 인간 사냥꾼 네임드를 만났어요. 조금 힘든 싸움이긴 했는데 어쨌든 드랍 아이템 효과인지 이걸 먹었네요."

"와."

"토끼가 90마리가 되긴 했는데 이거면 충분히 보상이 된 거 같아서 모아둔 각성제 전부 팔아 치운 거예요."

"대단하시네요."

정설아가 순수하게 감탄했다.

첫 만남 때부터 생각해 왔었지만 정말 대단하다는 생각을 버릴 수가 없다.

남들은 쳐다보기도 힘든 레전더리 직업을 무려 두 개씩이나 갖고 있는 것부터 시작해 게임을 접어도 이상하지 않을 필요 경험치 550% 페널티까지 이겨내며 다른 방식으로 저만의 게임 스타일을 만들어 나가지 않는가.

더 놀라운 건 그럼에도 다른 유저들에 비해 결코 뒤처지지 않는다는 것이다.

아니, 유저들이 오히려 한시민의 도움을 받아 오버 밸런스를 조금이나마 맛보는 게 현실이지. 그 수혜를 가장 많이 입는 게 그녀고.

그런 와중에 퇴보하지 않는다.

그게 과연 쉬울까. 잊혀갈 때쯤 이렇게 혁신적인 아이템을 구해오는 건 결코 운만으론 할 수 없는 일.

무엇보다 한시민의 강화 메커니즘을 잘 아는 그녀로선 이해조차 힘들다.

'인간 사냥꾼 네임드를 찾고 그걸 잡아 유니크 등급의 아이

템을 먹은 것도 모자라 강화로 특수 오라가 뜨기까지.'

아니, 정정했다. 완벽한 운이 따라줬다.

그런 운도 실력이다.

렌즈를 다시 낀 한시민이 부러움에 가득 찬 정설아를 보며 선심을 베풀었다.

"혹시 또 구하면 싸게 팔아드릴게요."

"네, 고마워요."

"그 전까지 좀 도와드릴까요?"

베푸는 그의 어깨는 자신감이 넘쳐흘렀다.

당연하다. 더 이상 그는 돈을 지불하고 누리는 옵션 같은 존재가 아니다. 이전엔 빠르게 레벨 업 하기 위해 경험치 버프에 돈을 투자했다면 이제는 대체재 정도까지 승격됐다.

"빵빵한 드랍 확률로 고작 두 시간 사냥에 하루치 각성제를 벌 수 있고 안개 속에서 범위는 아직 좁지만 세 명 정도는 충분히 각성제 없이 사냥 가능한 버프 셔틀! 단돈 20만 원 추가에 이 모든 혜택을 드립니다!"

"……."

어째 점점 종합 패키지 버프 셔틀이 되어가는 느낌적인 느낌이 들었지만 가볍게 무시했다.

태평하게 말하긴 했지만 한시민 입장에선 상당히 큰 출혈을 통해 얻어낸 아이템이었다.

천운이 따라준 것도 맞고.

"어휴, 이러다 토끼 다 뒤지겠네."

90마리도 결코 적은 숫자는 아니지만 처음 시작했을 때에 비하면 10%가 사라진 셈이다.

얼마나 슬픈 일인가!

애지중지 키워 이제 50레벨을 넘긴 대륙 최초의 토끼인데.

뼈가 시리다 못해 눈물을 줄줄 흘렸지만, 그래도 애써 마음을 다잡았다.

최소 70레벨, 아니, 메인 퀘스트 2막이 끝나고 3막의 단서가 명확히 잡힐 때까지 그가 벌여놓은 일들 덕분에 미지의 산맥은 고레벨 유저들의 핫 플레이스가 될 수밖에 없다.

그때까지 꿀을 빨 기반을 전부 마련해 두었으니 토끼를 잃은 손해는 충분히 만회하리라.

독한 눈빛으로 한시민이 금광으로 향했다.

잠시 미뤄졌지만 이제는 끝내야 할 때가 왔다.

그동안 마음가짐도 바뀌었고.

"들어가면 남김없이 다 처먹어. 알겠지?"

"삐액!"

"배불러도 처먹고 토해도 처먹어. 아니, 토는 절대 하지 마. 만약 토하면 거기에 섞인 금도 다 먹어야 해."

"삐애액!"

일정 골드는 빼돌려 영지 발전에 쓸 생각이었지만 이제 핫플레이스가 됐고 앞으로 더 발전할, 최소 70레벨부터 100레벨까지 판타스틱 월드를 조금 플레이할 줄 아는 유저라면 거쳐야 할 장소에 대한 선점에 조금 더 투자하기로 했다.

며칠 전까지만 해도 거기에 삐액이가 금광을 처먹는 것과는 조금도 관련이 없었지만 지금은 다르다.

쓸데도 없고 차라리 그 돈으로 다른 곳에 투자하는 게 낫다 싶었던 골드 버프!

그게 빛을 발했다.

* 골드 버프 효과

  1. 공격력 버프 Lv30 : 공격력 +30%

  2. 방어력 버프 Lv20 : 방어력 +20%

  3. 모든 스탯 버프 Lv10 : 모든 스탯 +10%

  4. 드랍률 버프 Lv15 : 아이템 드랍 확률 +15%

한참을 사냥해 모아놓은 각성제들을 전부 바가지 씌워 팔아치운 골드를 탈탈 털어 올린 레벨!

경험치 버프는 돈 쓰기 아까워 건들지 않았는데 드랍률엔 망설이지 않았다.

"휴, 빌어먹게도 비싸네. 시바."

거기에 경험치와 드랍률 버프는 1레벨부터 레벨 하나 올리는 데 필요한 금액이 100골드, 10레벨부턴 300골드씩 들어 금광을 빼액이에게 양보하는 결정을 하는 데 큰 영향을 주었다.

"뒤졌어. 뒤에 들어오는 유저들은 전부 등골 빼 먹힐 준비하고 들어와라."

각오와 다짐!

투자하는 만큼 뽑아먹겠다.

물론 과한 소비인 감이 없잖아 있지만 드랍률의 중요성은 앞으로도 계속 강조될 것이다.

고작 60레벨도 되지 않는 유저들이 드랍률의 유무에 따라 이렇게 많은 이익을 챙길 수 있느냐 없느냐가 결정되는 것만 봐도 알 수 있다.

그렇기에 이번 금광을 통한 스펙 업은 단 하나였다.

드랍률 버프 레벨 업!

"빼애액!"

주인의 생각은 읽지 못하는 빼액이가 금을 먹고 성장할 꿈에 부풀어 신나게 울어댔다.

6

"와, 드디어 왔다."

감회가 새로웠다.

참 긴 시간이 흘렀구나. 그냥 어쩌다 얻어걸린 금광을 몰래 먹기만 하면 되는 거였는데.

사소한 욕심 때문에 죽음을 경험하고 유저들을 끌어들이고 거기서 비밀 상인이네 뭐네 실랑이를 벌이다가 여기까지 왔다.

어떻게 보면 그때 빼액이에게 금을 양보하고 싶지 않았던 놀부 심보 덕분에 이런 상황이 왔을지도 모른다.

"역시 사람은 언제나 목표를 높게 잡고 끊임없이 욕심부려야 해."

그러나 그는 말도 안 되는 소리를 지껄이며 금광에 입장했다.

진짜 별거 없는 공간인데. 처음엔 그토록 멀게 느껴졌구나.

달라진 거라곤 고작 레벨이 49가 되었다는 것과 혼란이 넘쳐흐르는 산맥에서 적응했다는 것뿐인데.

"와."

감상은 접어두고 빼액이와 함께 금광에 입장하자 감탄이 절로 나왔다.

향긋한 금 냄새가 코끝에 스며드는 것 같은 착각까지!

거기에 번쩍이는 금빛이 고인 동굴은 황홀함까지 생긴다.

"원래 금광이 이런 건가?"

그러다 문득 고개가 갸웃한다.

상식이 통하지 않는 세상이라는 건 안다.

어느 정도 개연성은 있지만 현실의 잣대를 들이밀기엔 몬스터들이 살아 숨 쉬고 현실에선 존재할 수 없는 마력이 존재하고 그 마력이 깃든 온갖 약초와 광석까지.

이상할 건 없지만 그래도 이상하잖아!

"아니, 무슨 금덩이가 그대로 박혀 있어?"

빼액이가 물었던 금은 그냥 골드 드래곤의 특권으로 광산에서 금을 채집하고 가공한 뒤 먹은 건 줄 알았다.

제아무리 공부를 안 했다고 하지만 광산에서 광석을 어떻게 캐내는지 정도는 알고 있는데.

"……여기가 천국이구나."

어이가 없지만 현실은 그리 나쁘게 다가오지 않았다.

지하 깊은 곳까지 광산을 파고 금이 섞인 돌을 분리해 가공한 뒤 금을 만드는 것보다야 이렇게 알아서 금이 '날 잡숴!' 하며 모습을 보이는 게 훨씬 편하고 빼액이가 빠르게 먹는 데 도움이 될 테니까.

"난 모르겠다. 알아서 먹어."

게다가 이 많은 금 가운데 한시민의 몫은 단 하나도 없다.

그게 중요하다.

"빼애애액!"

신나서 들어가는 빼액이의 뒷모습을 지켜보던 한시민이 씁쓸히 금광을 빠져나왔다.

"휴."

허락했고 마음을 다잡았다곤 하지만 차마 혼자 금을 처먹는 모습까진 지켜볼 수 없었다.

평생 손도 대지 않았던 담배가 당겼다.

7

사실 드랍률은 가만히 앉아서 돈을 버는 옵션이 아니다.

철저한 핵과금러용!

물론 돈이 없는 사람도 판타스틱 월드에서 드랍 확률 아이템을 열심히 모아 파밍할 수는 있겠지만 어디까지나 강화되지 않은 드랍률 증가 효과는 미미하기 그지없기 때문에 결국 강화해서 써야 한다는 점을 생각해 보면 아이템을 전부 갖춘, 그러면서도 돈이 남아돌아 보다 높은 등급의 아이템을 갖고 싶은 유저들이 사용하는 옵션이 된다.

당장 한시민만 해도 구입은 저렴하게 했지만 강화하는 데에만 강화석을 15개 쓰지 않았던가.

1골드에 13만 원을 향해 치솟는 시세는 드랍 아이템 하나에

150만 원이라는 어마어마한 가격을 의미한다.

즉, 쓸 만한 효과를 보려면 최소 수백만 원은 투자해야 한다는 뜻!

웬만한 라이트 유저는 감히 시도조차 하지 못한다.

아니, 핵과금러들도 맞추기 어렵다. 한시민도 노다지를 만나지 않았다면 생각조차 하지 못 한 채 게임을 플레이하고 있었을 테니까.

그렇다고 또 무작정 아이템 파밍이 잘된다?

그것도 아니다.

"각성제가 의외로 잘 뜨는 거였네."

현재 한시민의 드랍률 증가는 78.5%에 버프 더 버프의 효과로 150%가 넘지만 이게 모든 아이템의 드랍에 직접적으로 적용되는 게 아니니까.

곱 적용!

아이템 하나에 기본적으로 붙어 있는 확률이 고작 1프로도 안 되는 걸 생각해 보면 합 적용으로 해줘도 되지 않을까 싶지만 세상에 그런 혜자 게임은 존재하지 않는다.

간단하게 몬스터에서 어떤 아이템이 드랍될 확률이 1%라면 한시민에겐 2.5%가 적용되는 셈!

재료 아이템의 경우엔 구하기 눈에 띄게 쉬워지는 건 맞다. 안개 각성제를 그런 식으로 잔뜩 모으고 있는 것도 사실이고.

하지만 진실을 꿰뚫는 눈을 얻은 건 그야말로 운에 불과하다.

1%도 안 되는 확률에 2배 넘는 보정을 받아봐야 1%가 안 되는 건 매한가지니까.

결국 높은 등급 아이템 파밍엔 아이템 드랍 확률 아이템을 끼지 않은 유저와 별다른 차이를 못 느낄 가능성이 높다는 것이다.

부정할 수 없는 결론.

어쩌면 운이 좋지 않을 땐 그런 사람들보다 아이템이 안 나오는 상황도 연출되리라.

유저 입장에서 헤비 유저들을 배려해 주던 PC 온라인 게임이었다면 달랐겠지만 여긴 철저히 설정대로 움직이는 세상!

그럼에도 한시민은 꿋꿋이 돈을 투자할 생각이었다. 비록 이런 식으로 투자하는 게 도움이 되지 않을지언정. 확신이 있으니까.

'숫자는 정직하다.'

이제 고작 두 개 맞췄을 뿐이다.

노다지를 길드에 끌어들이는 것도 성공했으니 천천히 하나둘 맞춰 나가다 보면 언젠간 150%가 아닌 300%, 500%까지 맞추는 것도 가능해지는 날이 오리라.

그렇게 되면 정말 남들은 1%도 안 되는 확률을 노릴 때 그는 1%, 어쩌면 그보다 높은 확률로 높은 등급의 아이템을 노릴 수 있겠지.

여전히 미약하고 헛웃음 나올지도 모르지만 그 차이는 결코 작지 않다.

대륙에 단 한 마리 있는 몬스터를 잡을 때도 그렇고 네임드 몬스터들을 노가다 할 때도 그렇고.

수치가 높아지면 높아질수록 분명 행운은 찾아온다.

"찾아온다. 분명히……."

손을 떨며 그렇게 세뇌했다. 자기 자신을.

그렇지 않으면 억울해 잠도 안 올 것 같았으니까.

"슈바, 지금이라도 다 처먹지 말고 조금 남겨오라고 할까? 아, 아니야."

금들이 눈에 아른거린다.

주인님! 절 버리지 마세요!

빼액이에게 발가벗겨진 채로 유린당하고 삼켜질 금덩이들이…….

"으악!"

딱히 아쉬울 건 없다.

게임 내에서 이제 골드를 구하는 방법은 열 손가락으로 세지 못할 만큼 늘었고 현실의 통장엔 진짜 괜찮은 거리에 미래를 볼 수 있는 짱짱한 건물 한 채를 살 돈이 들어 있었으니까.

다만 문제는 성격이다.

남 잘되는 꼴을 못 보는 성격!

"빼애액!"

그래도 참았다.

한참을 기다리자 빼액이가 만족스러운 울음을 흘리며 나왔다.

"다 먹었니?"

"빼애액!"

"하나도 빠짐없이? 깔끔하게?"

"빼액!"

"……그래, 잘했어."

굳이 들어가서 부스러기 하나 정도 남아 있나 확인해 보는 구차한 짓은 하지 않기로 했다. 쪽팔리거나 자존심에 상처가 날 것 같기 때문이 아니다. 당연히 없을 테니까.

금이라면 환장하는 골드 드래곤이 집에 돌아오는 길도 모르는 주제에 안개를 헤치고 찾아낸 금광이다.

산맥이 줄기줄기 뻗어 있고 이런 비슷한 동굴만 수백, 수천 개가 있을 텐데 그 사이에서 냄새로만 금광을 찾아냈다는 소리다.

그런 놈이 금을 남겨?

한시민이 무료로 사람들에게 강화해 주는 것과 같은 말.

체념하며 방송을 켰다.

이렇게 된 이상 혼자 죽을 수는 없다.

"다 같이 배 아파서 죽어보자."

하나둘 들어오는 유저들을 보며 빼액이의 정보창을 열었다.

과연 얼마나 되는 금을 처먹었을까.

또 얼마나 많은 골드 포인트가 축적되었을까.

* 보유 GP: 218,218

"……."

어라? 잘못 봤나?

현실을 부정하며 홀로그램을 치운 한시민이 심호흡하고 다시 켰다.

물론 수치는 변함없었다.

21만 GP.

"어디 보자. 언제부터 GP가 1골드당 10씩 줬지."

부정하면 할수록 절망만 깊어진다.

그나마 다행인 점이라면 너무 큰 충격에 방송 따윈 금세 잊었고 때마침 광고를 본 뒤 들어온 유저들이 처음 의도했던 대로 함께 충격에 빠졌다는 것 정도?

─뭐야? GP 저거 1당 1골드 아니었음?

─나 이 사람 방송 처음부터 봤는데 맞음. 저걸로 레벨도 올리고 버프도 찍는 걸로 아는데.

─에이, 설마. 21만 골드면 200억이 넘는데?

─합성?

혼란을 잠재울 생각 따위 하지 않는다.

다만 손을 움직일 뿐이다.

[300GP를 소모합니다.]

['드랍률 버프 Lv16'가 올랐습니다.]

…….

['드랍률 버프 Lv50'가 올랐습니다.]

억 소리 나서 15레벨까지 올리고 손이 떨려 멈췄던 드랍률 버프가 한 번에 50레벨까지 올라갔다.

무려 35%의 드랍률 증가!

하지만 두 눈 감고 현실을 부정하기 위해 골드를 써대던 한 시민도 50레벨에선 잠시 멈출 수밖에 없었다.

146,718 GP나 남았음에도.

"미친 거 아니냐."

1레벨 올리는 데 8천 GP라니. 1% 올리는 데 8억이라는 뜻이 아닌가.

60레벨까지 올리면 남는 GP가 6만이 된다.

그 역시 많지만 순간 이성이 돌아와 현명하게 판단하라 소리쳤다.

'이 정도면 되지 않을까?'

그와 함께 진행되는 합리화!

그리고 드랍률 버프를 치우고 슬쩍 다른 버프에 손을 댄다.

"나도 좀 세질 필요가 있어."

드랍률도 결국 자기가 이득 보려고 찍은 주제에 충분히 할 만큼 했다고 위로하며 남은 골드 포인트를 이것저것 투자하기 시작했다.

"빼액!"

내 레벨 좀 올려줘!

라고 말하는 빼액이의 외침은 허망하게 울려 퍼질 뿐이었다.

[캐릭터 정보]

 * 이름: 시민

 * 작위: 제국의 자작

* 직업: 전설의 레전드 강화사(3차 각성)

* 보조 직업: 전설의 레전드 테이머

* 칭호: 13개

* 레벨: 49(필요 경험치+550%)

* 스탯(0): 힘(500) 민첩(560) 체력(568) 행운(375) 마력(123)

* 스킬: 강화(F), 절대 강화(SS), 레전더리 힐(S), 신의 가호(SS),
  테이밍(SS)

* 보조 옵션

  1. 강화 성공 시 특수 옵션 추가 확률 +33%

  2. 강화 성공 시 일정 확률로 강화 효과 상승 +35%

  3. 강화 성공 확률 +15%

  4. 레전더리 등급 아이템 효과 +10%

  5. 강화 성공 시 진화 확률 +5%

* 골드 버프 효과

  1. 공격력 버프 Lv40 : 공격력 +40%

  2. 방어력 버프 Lv50 : 방어력 +50%

  3. 모든 스탯 버프 Lv30 : 모든 스탯 +30%

  4. 드랍률 버프 Lv50 : 아이템 드랍 확률 +50%

풍족하다 못해 넘쳐흐른다.

방송은 빼액이의 레벨을 60까지 올리는 것을 마지막으로 종료되어 공개되지는 않았지만 혼자 봐도 감탄이 절로 나오는 캐릭터 정보다.

고민 끝에 드랍률 버프를 그만 올리고 다른 곳에 투자한 게 절대 아깝지 않은 결과!

무엇보다 평소엔 쉽게 올릴 생각조차 하지 못할 비싼 버프들을 잔뜩 올렸다는 게 가장 큰 만족이었다.

"역시 모든 스탯 상승만큼 꿀이 없지."

무려 30퍼다.

한시민처럼 기형적으로 스탯이 높은 이들에게 이보다 좋은 옵션이 또 있을까?

20퍼 올리는 데 6만 GP가 사용되었고 앞으론 그보다 더한 골드가 들어 역시 정체되겠지만 공짜로 올렸다 생각하니 마음이 편하다. 거기에 공격력 버프도 10레벨 올렸고 점점 높아지는 몬스터들의 레벨에 맞춰 방어력 버프도 30 올렸다.

거기서 끝이긴 하다.

무려 21만 골드어치라 생각하면 허망하기까지 하다.

그럼에도 괜찮았다.

"빼애액!"

[+15 황금 해츨링(2차 진화)]

 * 등급: Epic Legendary

* 레벨: 60

* 스탯(0)

　　ー힘(751) 민첩(746) 마력(1)

* 스킬

　　ー골드 성장(SS), 골드 버프(SS), 골드 서포트(SS)

* 보유 GP: 6,718

빼액이까지 한층 강해졌으니까.

물론 빼액이의 입장에선 3차 진화도 하지 못했기에 불만이 가득했지만 자기 자신만 만족하면 그만인 한시민은 듣지 않았다.

"그래, 난 길 가다가 주운 부루마블 머니로 집을 산 거야. 그렇게 생각하자."

금광이라는 단어에 많이 나올 거라는 예측은 했지만 설마 21만 골드 어치의 금이 있을 거란 추측은 하지 못했다.

경험이 없기 때문이다.

마치 노다지가 평생 그가 캔 아이템의 가치와 쓰는 사람에게 어떤 효용이 될지에 대한 개념이 없기에 자기 기준으로 생각하고 받는 돈에 만족하는 것처럼.

누구의 잘못도 아니다. 배워가면 되는 것이다.

오늘의 뼈저린 실수를 바탕으로 앞으로는 실수하지 않으면 된다.

"후."

제삼자가 본다면 뒤통수를 후려치고 싶을 정도의 배부른 자아비판이지만 알 바 아닌 한시민이 중얼거렸다.

"어디 이런 광산 몇 개만 더 찾았으면 좋겠다."

저도 모르게 튀어나온 말. 진심이 듬뿍 담겨 있었다.

"진짜 비슷한 거 다섯 개, 아니, 네 개, 아니, 딱 세 개만 나오면 불우이웃에게 기부할 생각도 있는데."

평생 기부해 본 적 없는 시민이 지껄이는 소리.

한 개만 나와도 인생 역전이다.

양심 없는 소리를 지껄이며 아쉬운 눈빛으로 빼액이를 본다.

"야, 또 냄새나는 곳 없어? 금광이라든가. 아니면 미스릴도 괜찮은데."

"빼애액!"

있을 리가 없지.

한숨을 내쉰 한시민이 살이 조금 붙은 것 같은 빼액이의 등에 탔다.

"가자. 돈 썼으니 또 벌어야지."

8

텅텅 빈 금광.

여기저기 헤집어져 있고 황금빛 찬란하던 돌들이 푸석푸석한 회색빛으로 변한 공간에 미지의 생명체가 나타났다.

"꿩?"

짜리몽땅한 키, 통통한 몸통, 수달 같은 얼굴.

양손에 빛나는 돌덩이들을 들고 있던 생명체가 고개를 갸웃했다.

"꿔어엉?"

뭐지? 내 금이 어디 갔지?

의아한 마음으로 금광 안을 샅샅이 뒤졌지만 금이라곤 티끌만큼도 찾아볼 수 없었다. 혹시 잘못 왔나 싶어 금광 밖으로 나가 봤음에도 달라지는 건 없었다. 그는 멍청할지언정 그가 만든 광산을 기억 못 하진 않으니까.

"꿩꿩!"

분노한 수달이 제자리에서 뛰었다.

짧은 지식에서 도출해 낸 결과는 하나다.

누군가 내 금광을 털었다!

절대 손에서 놓지 않을 것만 같은 돌덩이들이 그의 입으로 들어갔다.

"끄웡!"

광석을 먹은 수달의 몸이 조금 부풀어 올랐다.

넘쳐 오르는 힘을 느낀 수달이 광산 밖으로 나갔다.

스페셜리스트 앞에서 로브를 벗었지만 다른 유저들에겐 아니었다.

한 마리 잡을 때마다 한 개, 운이 좋으면 두세 개씩 나오는 안개 각성제를 비싸게 팔아먹을 수 있는 기회인데 왜 그만두겠는가.

각성제가 없어 죽음을 기다리는 유저들에겐 특히 입이 떡 벌어지는 바가지를 씌울 수 있었다.

"20골드."

"아니, 너무 비싸잖아요."

"그대들은 안개 속에서 살아남을 자격이 없군."

"아! 살게요. 제발."

"30골드."

"……."

어쩌겠나. 미지의 산맥에 들어올 유저들은 최소 40레벨은 넘고 안정적으로 사냥하는 이들은 50을 넘어섰는데.

차라리 죽는 게 싸게 먹히리란 생각을 하는 유저도 많지만 대부분은 무기값이 최소 50골드 이상인 유저가 대부분이었다. 그러니 장사가 잘될 수밖에.

그리고 하이라이트는 켄지 길드였다.

"오늘은 스무 개군."

"구입하겠다."

여기저기 돌아다니며 바가지를 씌우고 팔다 남은 각성제를 켄지 길드가 사냥하는 영역에 찾아가 털어버린다.

몇 마디 오해할 만한 단서를 툭 던져 놓으니 얼마가 되었든 망설이지 않고 구입하는 게 호구가 따로 없었다.

하나 인간의 욕심은 끝이 없는 법.

한시민은 조금 더 연구했다. 기회가 왔을 때 최대한 뽑아먹기 위해.

'이렇게 계속 팔 수는 없을 테니까.'

켄지가 멍청이도 아니고 퀘스트인 줄 알고 구입하는데 일정 시간이 지났음에도 계속 변함이 없다면 의심할 것이다.

그렇기에 선택지는 두 개다. 좀 더 그럴듯한 계획을 세우거나 적당한 때에 포기하거나.

방법을 찾은 한시민은 전자를 택했다.

"그대의 자격은 충분히 증명되었군. 이걸 주겠다."

슬쩍 건네는 빛나는 알약.

"……!"

켄지의 표정이 눈에 띄게 변했다.

그럴 만도 하다. 무려 12강이나 한 안개 각성제였으니까.

먹으면 3일 동안 안개 각성제를 먹을 필요가 없는 특급 효자 아이템!

동시에 기대가 됐다.

드디어 비밀 퀘스트가 주어지는 것인가.

"그대는 내 물건을 구입할 자격이 갖춰졌으니 구입하고 싶은 물건이 있다면 언제든 말하라."

"……?"

하나 그렇게 호락호락할 리가!

한시민은 사람들이 언제 도전 의식을 느끼는지 너무나도 잘 안다.

"혹시 예전 마족 침공 때 산맥에 생겼던 흔적 같은 정보는 없나?"

"……그런 것을 구입하기엔 그대의 자격이 부족하군."

왜 한국인들이 뻔하고 단순하고 현질 유도만 잔뜩 들어 있는 중국 모바일 게임이나 웹 게임에 알면서도 돈을 쏟아붓겠는가!

그런 걸 보고 새로운 게임을 만들 땐 꼭 등급 제도를 따라 넣는 한국 게임 회사들도 마찬가지.

바로 돈이 되기 때문이다.

다수의 무과금 유저들에겐 불만의 목소리가 나오겠지만 소수의 남들보다 압도적이라는 타이틀을 따고 싶은 헤비 유저들이 수익을 올려주니까.

기형적이고 일부 유저만 플레이하는 게임이 될 수밖에 없어 좋은 현상은 아님에도 포기할 수 없다.

한번 지르기 시작한 유저들은 끝을 보기에.

한시민이 판단하기에 켄지도 그런 유형의 인간이다.

VIP 등급이 10까지 있으면 10을 찍고 12만큼의 돈을 투자할 놈!

"어떤 물건이 있지? 전부 다 사겠다."

완벽한 파악은 성공으로 이어진다.

로브 속에서 이런저런 잡템들이 쏟아져 나왔다.

그리고 그건 전부 바가지를 쓴 채로 켄지에게 넘어갔다.

9

꿀사냥터로 소문이 났고 실제로 많은 유저가 빠른 레벨 업을 위해 미지의 산맥을 찾지만 사실 이곳은 메인 퀘스트 2막의 마지막 챕터가 진행되는 장소다.

예전 마족들이 넘어왔던 게이트의 흔적을 찾고 그를 지키는 보스 몬스터를 처치하라!

물론 보스에 대한 이야기는 일언반구도 없었지만 그 정도는 가볍게 추리가 가능하다.

유저라면.

누가 뭐래도 결국 RPG 게임의 최종 콘텐츠는 레이드니까.

그걸 스페셜리스트는 잊지 않았다. 열심히 사냥하는 와중에도.

사냥하면서 퀘스트를 진행하는 건 결코 같이할 수 없는 일이다. 사냥은 효율을 따지고 퀘스트는 시간을 투자해 단서를 찾는 과정이니까.

그럼에도 정설아는 가능했다. 남들보다 빠른 사냥 속도로 처지지 않을 정도로만 사냥의 끈을 붙잡고 끊임없이 단서가 될 만한 장소를 찾고 숨겨진 던전을 공략했다.

그러다 던전을 하나 찾았다.

"이건……."

작은 미니 던전이었다. 3일 정도면 다 둘러볼 수 있을 정도 크기의.

한시민이 금광을 털러 간 사이 그곳에 들어가 1주일 넘게 고생해 클리어한 스페셜리스트에게 주어진 한 장의 지도!

노력의 결실!

"여기가 우리가 가야 할 곳인가 봐."

거대한 지도 정중앙에 위치한 해골 표시.

그리고 그를 둘러싸고 펼쳐진 산맥.

딱히 이상할 건 없는 지도다.

다만 옥에 티랄까?

이런 지도엔 있어선 안 될 것 같은 알록달록한 색깔들이 눈을 사로잡는다.

"이건 뭐지?"

"……웬 색깔 띠도 아니고."

"수맥인가?"

"옥색, 푸른색, 붉은색. 이상한데?"

그렇다고 이어진 선도 아니다.

군데군데 잘린 짧은 점들의 모임이랄까.

"일단 나가자."

한참을 뚫어져라 보던 스페셜리스트는 생각을 포기했다. 본다고 답이 나오지도 않을뿐더러 너무 힘들었다.

미지의 산맥에서의 사냥이 편했던 적은 한 번도 없었지만 미니 던전에서의 1주일은 그야말로 잠도 제대로 못 잔 지옥의 연속! 조금 휴식을 취할 필요가 있었다.

그렇게 나온 그들에게 때마침 한시민이 돌아왔다.

"수고하셨어요. 뭐 나온 거 있어요?"

"지도 한 장 건졌어요. 한번 보실래요?"

"네."

한시민도 지도를 받아 들더니 인상을 찌푸렸다.

뭐가 뭔지 알아야지.

그가 알 리가 있나.

당연하다. 산맥의 지리도 잘 모르는데 뭘 이해하고 파악하겠는가.

"어디가 어디인지부터 좀 봐야겠는데요?"

하나 흥미는 동했다.

스페셜리스트와는 달리 지도에 표시된 색깔들에!

"왠지 돈이 될 것 같은 냄새가 난단 말이야."

"보물 지도도 아니고 메인 퀘스트 단서가 담긴 지도에 무슨 돈이야. 우리 자고 올 테니까 거기 중앙이나 어디인지 봐줘, 오빠."

"아냐, 분명 뭔가 냄새가 나."

강예슬이 혀를 차며 접속을 종료했다.

지도에 표기된 점들은 확실히 특이하긴 하지만 메인 퀘스트를 끝낼 단서를 두고 신경을 쓸 만큼 중요하진 않으리라.

그렇게 셋은 잠시 쉬겠다며 나갔고 지도를 든 한시민은 그대로 빼액이를 불렀다.

"냄새가 나, 냄새가."

그냥 본능이다. 왠지 그럴 것 같다.

허탕 칠 가능성도 높지만 사고가 난 이후로 지금껏 강화로 먹고살아 온 그이기에 도전해 볼 가치는 있다는 생각이

들었다.

'아니면 말고.'

원래 대박은 이렇게 찔러보다 나오는 법!

빼액이가 하늘로 날아올랐다.

안타깝게도 한시민은 길을 잘 찾지 못한다.

길치는 아니지만 그렇다고 공간지각 능력이 뛰어난 것도 아니다.

그러다 보니 지도를 하늘에서 펼쳐 놓고 보면서도 어디가 어딘지 구분하기 쉽지 않았다.

"……시바. 다 산이야."

지도엔 전부 흑백에 산맥들만 늘어져 있고 중앙에 표시된 해골 역시 줄기줄기 뻗은 산맥 사이에 가려져 있다.

머릿속에 그려져 있는 그림은 하늘에서 보면 어딘가에 뻥 뚫린 장소가 하나 있으리란 것이었는데 완전히 뒤통수를 맞는 기분!

게다가 워낙 넓고 긴 산맥들의 연속이기에 한눈에 보려면 그만큼 높이 올라가야 했다.

올라가니 더 구분하기 힘들어졌고.

"아니, 어디가 어디야."

대동여지도를 그리신 분도 이걸 보며 길을 찾기는 불가능할 것만 같았다.

이 무슨 3만 피스 퍼즐 찾기도 아니고 위에서 보면 다 거기서 거기인 산맥들의 줄기를 지도와 어떻게 맞춘단 말인가.

생각보다 이상한 곳에서 시간이 많이 끌렸다.

하지만 한시민은 인내를 갖고 눈알이 빠져라 지도를 돌리고 빼액이를 이리저리 움직이며 위치를 찾기 위해 노력했다.

정말 눈알이 빠질 것 같다고 생각했을 때쯤, 스페셜리스트가 짧은 수면을 취하고 다시 들어왔을 때쯤 한시민은 해냈다.

"와! 찾았다!"

해골 표시가 있는 장소를 찾았다. 하나 빼액이는 그곳을 향하지 않았다.

"야, 움직여. 여기 제일 비싸 보이는 색깔. 무지개색 있는 곳으로."

그걸 중심으로 주변을 향했다.

메인 퀘스트?

그보단 그 주변에 마크된 색깔에 무엇이 있을지 기대부터 되었다.

"무지개니까 스페셜 등급 아이템 하나만 있었으면 좋겠다."

그리고 그의 바람은 현실로 이루어졌다.

"뭐, 뭐야. 이거."

어디선가 보았던 장면.

거대한 동굴 입구와 그곳에서 이어지는 기다란 광산!

금광과 다른 점이라면 광석의 색깔만 다르다는 것.

"설마 이거?"

시선이 절로 지도로 향했다.

찍혀 있는 황금색 점들은 한 뭉텅이!

"……."

소름이 돋았다.

아직 확신하기엔 이르지만 추리가 맞으면?

"인생은 역시 착하게 살고 봐야 해."

어림잡아 열 개는 넘는 점이 분배되어 있다.

금광에서 21만 골드 어치의 금이 있었으니까 평균 잡아 계산하면?

"하나님, 부처님, 예수님, 알라님. 감사합니다."

자기 자신만 믿는 한시민이 생각나는 신들을 나열하며 감사 인사를 올렸다.

대체 여긴 뭐 하는 곳이기에 이런 말도 안 되는 광산들이 나열되어 있는지에 대한 의문 따위는 조금도 갖지 않기로 했다.

뭐가 중요하겠는가!

"다 내 건데, 이제."

꽃길만 걷자.

그런 도둑놈 앞에 몬스터들이 나타났다.

10

수달은 미지의 산맥의 수호자다.

말이 수호자지 사실상 메인 퀘스트 2막의 마지막 챕터의 네임드 몬스터.

전투 형태의 몬스터는 아니지만 그에겐 특별한 능력이 있다.

바로 광산을 만드는 것!

무에서 유를 창조하는 능력 하나만으로 모든 설명을 대변한다.

봉인의 수호석을 중심으로 주변에 광맥을 이어간다.

그리고 그는 곧 봉인의 수호석에 전해지는 힘! 또 미지의 산맥의 난이도를 올리는 뼈대!

그런데 금광이 사라졌다.

"꿔어엉!"

수달에겐 어이없는 일일 수밖에 없다.

"꿩!"

원인을 모르니 그 화는 주변 몬스터들에게 튀었다.

아무리 전투 능력이 약한 네임드라 해도 명색이 메인 퀘스트를 책임지는 네임드다.

다른 보스들에 비해 약할 뿐 노말 몬스터들과 비교하면 당연히 강하다.

"꿔엉!"

광석으로 몬스터를 패는 광경은 경이롭기 그지없지만 당하는 몬스터들 입장에선 억울한 상황!

안 그래도 요즘 따라 늘어난 인간들 때문에 먹고살기도 힘든데 네임드까지 와서 괴롭히다니!

열심히 멍청한 수달에게 설명했다. 인간들의 짓일 거라고.

물론 그럼에도 광산을 제대로 지키지 못했다고 갈굼당해야 했다.

한참을 갈구던 수달이 움직였다. 아무래도 불안함에 노닥거릴 시간이 없었다. 평소엔 멍청하지만 광산에 한해서는 똑똑한 수달.

하나가 털렸으니 다른 것도 털릴 수도 있겠구나라는 생각을 해내고야 말았다.

곧장 다른 광산들의 순찰을 시작한 수달.

"와, 씨. 무지개색 광석은 처음 보는데. 얼마나 할까?"

운명적인 만남이 이루어졌다.

Episode 28.
분노조절 잘해

한시민은 거칠 게 없었다.

저 안에 최소 21만 골드 이상의 값어치가 있는 광석들이 널려 있으리란 김칫국을 사발로 들이켠 마당에 뭐가 두렵겠는가.

이번엔 광산을 지키는 것인지 몬스터들이 인간의 등장에 몰려들었음에도 죽음을 대비하지 않았다.

대신 전투를 준비했다.

"다 덤벼, 이 개새들아. 감히 내 앞길을 막다니. 뒷다리가 앞다리 되는 고통을 느껴봐야 정신을 차리겠구나! 그래, 어디 한번 덤벼봐! 난 절대 굴복하지 않아!"

도둑놈 주제에 정의의 사도라도 되는 양, 집 지키는 주인들에게 분노하는 모습!

누가 보면 정말 역전의 용사인 줄 오해할 법한 패기!

몬스터들이 인간의 말을 할 수 있었다면 오만가지의 욕설이 쏟아부었을 것이다. 요즘 수달에게 시달린 걸 생각하면 소름이 돋을 정도니까. 그래서 광산의 경계도 강화됐고, 그런 마당에 범인이 나타났다.

"쿠워어어!"

"크르릉!"

"컹컹!"

몬스터들도 당연히 사기가 하늘을 찔렀다.

저놈을 여기에 들여보내면 우린 그날로 끝이다. 광석만 보면 눈이 돌아가 인정사정없는 폭군으로 변하는 수달 놈이 우릴 광석으로 죽일지도 모른다.

털려는 자와 지키려는 자의 대치!

어느 한쪽도 물러날 생각이 없다.

현실에선 그럴 경우 심화 단계의 욕설과 말싸움으로 넘어가지만 게임에선 그렇지 않다.

맞짱!

누가 승자인지 누가 옳은지 결정하는 아주 단순하고 확실한 방법.

원래의 소유권이 누구에게 있든 중요하지 않다. 승자만이 모든 걸 가질 수 있으니까.

웬만해선 직접 나서지 않는 한시민이 망치를 들고 뛰었다.

"괜히 혼자 왔나?"

적들의 수가 많아 마음 같아선 토끼들을 내보내고 싶지만 빼액이를 타고 정찰을 목적으로 날아올랐던 것이기에 토끼들은 없다.

잠시 냉정하지 못했던 자신에게 후회와 반성이 들었다.

하지만 괜찮았다. 이길 자신이 있었기에.

"빼액이 변신! 가자! 몸빵 서!"

"빼애애액?"

어림잡아 서른이 넘는 몬스터들에게 뛰어들라는 주인의 피도 눈물도 없는 명령에 빼액이가 저항했지만 그에게 선택권은 없다.

"너 이 새끼, 내가 레벨 10이나 올려주려고 얼마나 쓴 줄 알아? 어? 그 돈 내 버프에 투자했으면 당연히 나 혼자 싸웠겠지. 이게 이제 은혜도 모르고 주인을 사지로 밀어 넣는구나!"

"빼애액."

그렇다는데 어쩌겠나. 억울해도 까라면 까야지.

변신한 빼액이가 호기롭게 달려들었다. 그리고 날아올랐다.

"……?"

자연스럽게 따라 올라가는 시선들. 아쉽게도 몬스터들 중 빼액이를 따라갈 수 있는 이들은 없었다.

그렇다면 남은 건 한 명.

"야, 야!"

"빼애액!"

훌륭한 전술이다. 날개를 가진 드래곤의 장점을 십분 활용하는. 어그로가 튄다는 아주 사소한 문제만 빼면.

"크워어억!"

"크루루!"

몬스터들이 뛰어들었다.

한시민에게.

망치를 쥔 손에 힘이 들어갔다.

할 수 있을까?

그의 스탯은 다른 유저들보다 기형적으로 높고 따져 보면 130레벨 몬스터들과 싸워도 이길 수 있을 정도다.

하나 그건 어디까지나 이론일 뿐. 현실감 넘치는 판타스틱 월드에선 전투는 결코 스탯만으로 결정 나지 않는다.

너무 큰 차이는 변수를 없애기도 하지만 지금 상황은 일대 다수의, 한시민의 스탯이 조금 높을 뿐 결코 유리하지 않은 상황.

둘러싸여 밟히다 보면 죽는 건 한시민이라고 다르지 않다.

그사이에 빼액이가 도움을 준다 한들 달라지진 않겠지.

해서 긴장됐다.

도망칠까?

원래라면 그런 선택을 하고 다른 전투 방식을 택했겠지만 지금은 거대한 광산 앞에 눈이 돌아간 상태였다.

'한번 부딪쳐 보자.'

금광을 털고 버프 레벨 업을 엄청 시켰지 않은가.

할 수 있을 것만 같았다.

그렇다고 무식하게 들이박지 않고 슬쩍 뒤로 빠지며 가장 먼저 달려온 놈을 향해 망치를 내려쳤다.

쾅!

"쿼어엉!"

거대한 충격!

그러나 생각만큼 버겁지 않다. 그거면 됐다.

"다 뒈졌어, 이 새끼들아!"

이길 수 있다는 자신감과 함께 인성도 폭발했다.

그렇게 한바탕 휩쓸고 광산에 들어갔다 나오는 그때.

수달과 마주했다.

"끄워웡?"

수달에 눈에 비치는 수많은 사체.

그리고 어깨에 거대한 주머니를 메고 나오는 한 명의 인간과 새.

"엥?"

고개를 갸웃하긴 인간도 마찬가지였다.

뭐지, 저 웃기게 생긴 수달은?

"야, 너 뭐냐?"

"꿩?"

"귀엽게 생겨가지고. 꺼져. 형아 바쁘니까."

자신감이 하늘을 찔렀다.

업그레이드된 스펙에 자신감도 생겼고 이번엔 빼액이에게 내밀어도 먹을 수 없는 것이라 고개를 젓는 게 단 한 푼도 뜯기지 않아도 된다는 안도감이 들었고 한가득 메고 나오는 광석들을 가져다가 팔면 얼마나 나올지 기대됐으니까.

광석의 이름이 무지개 광석이라는데 그런 광석은 이름을 들어본 적도 없으니 가격이 꽤 나가리라.

반대일 경우도 존재했지만 그건 생각지 않기로 했다.

'그래도 미지의 산맥에서 나온 광석인데. 어떻게든 팔리겠지.'

아니, 어떻게든 팔 자신이 있었다.

NPC들에게 안 팔리면 유저에게 팔면 된다. 세상엔 처음이라는 수식어가 붙은 물건에 환장하는 사람이 많으니까.

그렇기에 안심하고 갈 길을 갔다. 알아서 경험치가 한 마리 다가왔음에도 봐줄 정도로 기분이 좋았다.

"꺼져, 인마. 기분 좋으니까 살려줄게."

"끄윙!"

하지만 수달은 선의를 거절했다.

옆으로 피해 가려고 하자 그쪽으로 이동해 길을 막는 만행까지!

"야야, 너 그러다 죽어, 인마. 형 굉장히 무서운 사람이거든? 어? 여기 이 쥐똥만 한 새 보이지? 얘가 사실은 드래곤이야, 드래곤. 너, 그 작은 몸뚱이 드래곤 몸속에 들어가면 위액에 녹기도 전에 기생충한테 잡아먹힌다고. 알아들어?"

"꿔어어엉!"

"왁! 씨, 깜짝이야."

설득에도 불구하고 수달은 화를 냈다. 양손에 쥔 광석을 마구 흔들며 분노를 표현했다.

알아들을 순 없는 분노지만 왠지 모르고 느껴졌다.

거기에 담긴 감정들.

그러니까…….

"이게 네 거야?"

"꿔어어엉!"

이런 느낌이랄까?

어째서 알아들을 수 있는지는 모른다. 그저 도둑놈의 찔리는 심보일 수도 있다.

뭐가 됐든 수달은 긍정의 표현을 보냈고 다가왔다. 위협하듯. 내려놓지 않으면 무력도 불사하겠다는 의지.

한시민이 저도 모르게 뒷걸음질 쳤다.

"오지 마. 스탑. 멈춰. 형 화나면 무섭다?"

그냥 망치로 내려치면 그만이다. 하나 이렇게 좋은 날 살생을 하고 싶진 않았다.

게다가 뭔가 본능적인 불안이랄까. 떼로 몰려다니던 놈들과 다른 것 같다.

'나보다 세면 어떻게 하지?'

워낙 뭐가 뭔지 모를 산맥이기에 어쩔 수 없다.

아까는 어찌어찌 몬스터들을 상대했지만 당장 눈앞의 수달이 네임드라도 되면 어쩐단 말인가?

죽는 건 두렵지 않지만 기껏 얻은 광석들을 잃는 건 두렵다.

해서 잠시 고민했다.

시간은 충분했다. 수달은 당장 달려들지 않고 천천히 다가왔으니.

몇 초.

그거면 둘 중 하나를 고르기엔 넘치지.

"얌마. 그래, 한번 해보자."

한시민이 포대를 바닥에 내려놨다.

이럴 줄 알았으면 아공간을 좀 비우고 오는 건데.

아쉬움이 조금 들었지만 지금은 그게 문제가 아니니까.

조심스럽게 망치를 들었다.

"꿔엉!"

그러자 수달이 만족스러운 듯 고개를 끄덕였다. 얼굴에 은은한 미소도 맺히는 게 자기 말을 잘 들어 좋아하는 표정이었다.

"……?"

당연히 바로 앞에서 그런 표정을 목격하는 기분이 좋을 리가.

"뭐냐?"

"꿔엉!"

뒤이어 이어지는 광경은 더 어이가 없었다.

수달이 짧은 손가락을 까딱이자 광석이 잔뜩 들어 있는 포대가 그를 향해 저절로 날아간다.

"어어어어?"

"빼애액?"

거기에 빼액이 목에 메인 포대까지.

워낙 단단히 메어 빼액이까지 딸려 날아갈 정도!

"뭐, 뭐야. 이 새끼야! 도둑이야! 도둑이야!"

도둑놈이 도둑질한 물건을 다시 도둑맞았다. 저도 모르게 머리끝까지 분노가 치밀었다.

인간이 이토록 이기적인 존재였나!

이제는 자기 거라 생각한 물건을 눈앞에서 코 베이듯 뺏겼으니 화가 날 수밖에!

"야, 이 개…… 아니, 수달 새끼야!"

간을 봐야 한다는 생각 따위 머릿속에서 깔끔하게 지워졌다. 분노에 눈이 돌아간 한시민은 앞뒤 재지 않고 뛰었다.

"빼액!"

빼액이도 주인의 감정에 동조해 변신한 뒤 몸통 박치기를 시전했다.

그런 와중에도 살짝 불안한 마음이 들긴 했지만 큰 걱정은 않았다. 딱 봐도 생긴 게 몇 대 쥐어패면 눈물 질질 흘리며 무릎 꿇게 생겼다.

쾅-

망치와 수달의 광석이 부딪쳤다.

거대한 울림과 함께 수달이 한 걸음 물러섰다.

이게 무협지라면 한시민이 한 수 위라는 증거!

"꿰어엉!"

이번엔 수달이 분노했다.

이런 도둑놈이!

무엇보다 그가 위협받았다는 사실이 그를 각성하게 만들

었다.

"꿩! 꿩!"

반대쪽 손에 들린 광석이 입에 들어갔다.

팟−

은은한 빛과 함께 입속으로 사라지는 광석.

하나 대치엔 변함이 없었다.

"이 미친 새끼가. 왜 멀쩡한 광석을 처먹고 지랄이야."

한시민의 욕이 날아올 뿐.

이해하지 못하는 수달은 개의치 않고 그가 손가락을 까닥여 가져온 보따리 속에서 광석을 꺼내 먹기 시작했다.

"꿩! 꿩!"

"뭐야! 그만 처먹어! 제발. 내 거야."

그러니 한시민도 물러설 수밖에 없었다.

저러다 다 먹겠다.

대체 왜 광석을 처먹는지에 대한 의문을 가질 틈도 없었다.

그만큼 빨리 먹었다.

"끄어억."

두껍던 포대가 1/3가량 홀쭉해졌다.

눈앞이 노래지는 건 덤!

마음이 다급해졌다. 그래서 이번엔 침착하게 공격했다.

"뻬액이 뒤치기!"

"삐액!"

앞뒤로 공격하면 꼼짝 못하겠지!

자신만만한 공격이 수달을 향한다.

아까 한 걸음 물러서게 했으니 이번엔 숨통을 끊어주마!

후웅!

한결 강해진 공격이 수달을 덮쳤다. 수달은 이번에도 광석을 든 손을 들었다.

달라질 게 없는 상황!

삐액이가 합세했으니 당연히 한시민에게 유리하다. 하지만 한시민은 미세한 변화를 발견하지 못했다.

아니, 늦게 했다.

"응?"

광석이 조금 크고 밝아진 것 같은데? 아닌가?

그딴 게 뭐가 중요해. 이 빌어먹을 도둑놈 새끼 한 대 치는 게 중요하지.

광석과 망치가 마주했다. 그리고 부딪쳤다.

쾅―

아까와 같은 동작, 힘, 각도다.

다만 결과는 전혀 달랐다.

"킥!"

마주치는 순간 느껴지는 압박이 상상을 초월했다.

벽을 주먹으로 친 기분이랄까. 그냥 치기만 했으면 괜찮았
을지도 모른다.

하지만 이건 벽이 아닌 몬스터다.

"으아악!"

쭉 밀려났고 날아갔다.

자존심이 팍 상했지만 문제는 그게 아니다.

"헉!"

체력이 쭉 빠졌다. 동시에 분노가 가라앉고 냉철한 이성이
머릿속을 가득 채웠다.

'시바. 뭐야, 이거.'

2

아차 싶었다.

한시민은 나름 게임 전문가!

PC 온라인 시절부터 접해 보지 않은 게임이 없고 특히 사
고가 난 이후엔 어떻게든 벌어보겠다고 이런저런 게임에 전
부 얼쩡거렸었다.

그런 그가 지금의 상황 하나 이해하지 못하겠는가.

그것도 본인의 신상에 위협이 가해진 사태를!

'광석을 먹고 강해졌어, 이 미친놈.'

동시에 하나의 결론이 도출됐다.

눈앞의 수달 놈은 평범한 몬스터가 아니다!

미지의 산맥에 사는 몬스터들 중 평범한 게 어디 있겠느냐만 한 달 넘게 산맥에서 돌아다니며 수많은 몬스터를 접견한 한시민의 고견한 의견으론 그렇다.

적어도 네임드! 혹은 그 이상!

살다 살다 광석 먹고 강해지는 몬스터를 볼 줄이야.

한계치가 어디까지인진 모르겠지만 이런 식으로 성장하는 몬스터치고 상대하기 쉬운 놈은 없다.

그렇기에 판단을 고쳤다.

'튀자.'

이놈이 과연 어디까지 강해질 수 있나 실험해 보고 싶은 학자의 마인드 따위는 조금도 들지 않았다.

그냥 한 번 성장했을 뿐인데 비슷하던 힘의 격차가 한 번에 뒤집힌 것도 모자라 피가 뭉텅이로 깎이는 수준까지 올랐다.

여기서 한 번 더 먹으면?

한시민이 강화를 통해 스탯을 얻고 강화를 한 뒤 몬스터들에게 맞으며 이전의 굴욕을 복수했던 것처럼 그가 수달에게 광석을 훔치려 했던 대가를 치를지도 모른다.

물론 또 프로 페인이라고 슬그머니 가능성 하나가 머릿속에 떠오르긴 했다.

'일시적인 도핑 버프라면?'

저렇게 비싸 보이는 광석들을 잔뜩 처먹고 일시적인 도핑이라면 정말 과소비로 뒤통수를 한 대 맞아도 할 말이 없는 비효율이지만 그렇다면 가능성이 있을지도 모른다. 아직 광석이 잔뜩 남았다는 아주 큰 문제가 남아 있음에도.

평생 강해지는 것보다야 낫지.

어쨌든 중요한 건 무엇이든 지금은 안 된다는 것!

머리끝까지 올라왔던 분노가 슬그머니 내려앉았다.

"저기, 우리 대화로 풀까?"

"꾸어어어!"

"어허, 그렇게 화내지 말고. 폭력은 나쁜 거야."

한시민은 강자에게 약하다. 그리고 강자에 속하는 대상은 상당히 포괄적이다.

돈 많은 사람, 권력을 갖고 있는 사람, 그리고 강한 생물!

포대를 들고 발광하는 수달을 보니 뭔 짓을 했나 싶다.

조심스럽게 물러선다. 그러면서 빼액이에게 눈빛을 보냈다.

'야, 튀자.'

빼액이도 사태의 심각성을 인지했는지 고개를 끄덕였다.

그런 와중에도 포대에 눈이 가는 건 어쩔 수 없는 인간의 본능!

아니, 한시민의 본능.

'저거 어떻게 낚아채서 안 되나?'

그래도 여기까지 왔는데. 저 광석들 챙기느라 얼마나 고생했는데.

고생이야 빼액이가 했지만 챙기고 싶다.

"빼액!"

봐주는 것인지 지금은 광석을 지키는 게 더 중요하다 여기는 것인지 빼액이 등에 타는 한시민을 저지하지 않는 수달!

빼액이가 날아올랐다.

"미안했다. 수달처럼 생긴 놈아. 다시는 도둑질 안 하고 착하게 살게!"

도망치는 도둑놈을 분한 듯 쳐다보는 수달은 도둑이 하늘 저 높이 보이지 않는 안개 속으로 사라지고 난 뒤에도 한참을 포대 주위에서 서성거리며 경계했다.

그러다 1시간쯤 지났을 때 조금 안심하며 포대를 펼쳐 보았다.

"꾸엉!"

한탄의 울음!

광석이 많이 줄어든 상태.

전부 지가 처먹은 것이지만 어쨌든 산맥의 기운이 조금 약해졌으리란 생각에 힘이 빠졌다. 그의 임무는 산맥을 지키는 것이지 그가 광석을 먹어 강해지는 게 아니다.

거기다 그런 힘도 일시적인 것!

아쉽지만 어쩌겠는가. 이러지 않았다면 막아내지 못했을 수도 있는데.

아까의 전투로 포대에서 흘러내린 광석들을 주섬주섬 돌아다니며 줍기 시작했다.

그래도 막았으니 됐다. 어서 이 광석들을 다시 광산 안에 넣고 비어버린 광산을 채우고 침입자들을 꼼짝 못하게 할 광산을 늘려야지.

그렇게 핑크빛 미래를 그리던 수달의 시선이 포대로 향했을 때다.

"꾸어엉?"

절로 튀어나오는 의문사.

마주치는 세 눈빛.

"삐액?"

"하. 하하. 안녕?"

어느새 내려온 삐액이와 한시민!

부리엔 두 개의 포대가 걸려 있었다.

잠깐의 혼돈.

그사이에 도망치는 삐액이.

"꾸어엉!"

수달이 허겁지겁 손을 들었지만 빼액이의 몸체는 이미 하늘 저 높이 올라간 상황이었다.

쓸데없이 힘과 민첩에만 투자한 한시민의 큰 그림이 효과를 발휘하는 순간!

저도 모르게 달렸지만 날개 달린 드래곤을 따라갈 수 있을 리는 없었다.

"꾸어어어엉!"

분노의 울음소리가 메아리쳤다. 동시에 수달이 움직였다.

폭주!

미지의 산맥의 경비가 분노했다.

자연스럽게 그 분노는 광산의 기운을 공유하는 몬스터들에게 전달됐다.

3

변화는 자연스럽게 현직에서 활동하는 유저들에게 가장 먼저 영향을 미쳤다.

"요즘 좀 이상하지 않아?"

"이상하지. 안개 주기도 불규칙해지고."

"벌써 셧다운 10분 줄었어."

"몬스터들도 조금 더 난폭해진 것 같고."

"난폭해지기만 하면 다행이지. 더 많이 몰려다니는 거 같기도 해."

수달은 화가 나 직접 움직이기 시작했다. 벌써 두 개의 광산이 털려 미묘하게 유지되던 안개의 활동도 활발해진 마당에 보복을 위해 하나의 광산을 자신이 직접 털려 눈에 띄는 변화까지.

더 이상 안개 각성제가 안개가 내려온 모든 시간을 커버해줄 수 없어졌다.

그게 고작 10분일지언정 유저들에겐 불안하기 그지없는 운명의 시간.

그때 마침 몬스터라도 나타난다면 고작 10분 때문에 안개 각성제를 하나 더 소모해야 하는 상황이 된 것이다.

급격한 난이도의 상승!

물론 그건 안개 밖의 몬스터들에게도 마찬가지로 적용되는 사항이다.

수달이 광산을 계속해서 늘리는 것도 그런 몬스터들의 삶 역시 그의 책임이기 때문이고.

광산의 힘으로 떠받들던 그런 안개가 자유를 조금이나마 찾았으니 당연한 수순.

"경험치 많이 먹고 좋네."

"사냥 좀 더 빡세게 하자."

"이거 잘만 하면 다음 달이 아니라 이번 달에 60 찍겠는데?"

물론 유저들에겐 그리 나쁜 소식은 아니다.

미지의 산맥에 적응할 만큼 충분히 했고 비싸긴 하지만 안개 각성제를 구입할 수 있는 안개 상인이라는 존재도 있으며 게임 폐인들에게 보다 많고 빠른 몬스터 리젠은 어떻게든 빠른 레벨 업으로 직행하는 열차나 다름없으니까.

그사이에 감수해야 하는 위험?

얼마든지 극복 가능하다.

특히 한국 유저들은 더더욱!

"보니까 스페셜리스트는 벌써 1레벨 더 했던데. 적응한 건가?"

"에이, 기껏 이틀 지났는데?"

"그 사람들, 한국 유저들이잖아."

"독한 놈들."

하지 말라는 것은 무슨 수를 써서든 해내고야 만다.

게임사에서 아직 개발하지 않아 막아둔 지역도 기어코 뚫고 들어가 인증샷을 찍고, 몇 달에 거쳐 클리어 되게 만들어 놓은 보스를 하루 만에 잡고.

어쨌든 스페셜리스트의 선전에 유저들이 자극을 받아 찾아온 변화에 유동적으로 대처할 마음가짐을 가졌다.

특히 최상위 유저들에겐 나쁘지 않은 변화다.

안 그래도 미지의 산맥에 입장하는 유저들의 수가 늘고 분석이 되면서 입장하는 컷이 낮아지는 마당이라 기분이 언짢았는데.

"이런 식이라면 신규 유저는 오기 힘들지."

"우리끼리만 잘 먹고 잘살면 되지."

유리천장!

돈이 있고 탬이 있고 인맥이 있고 파티가 있는 자들만이 올 수 있는 그들만의 리그.

현실감 넘치는 판타스틱 월드에서 이만한 투자에 대한 보상이 또 어디 있을까.

심상찮은 분위기 따위 유저들에게 불안함이 될 수 없었다.

한 명만 빼고.

"꾸어어엉!"

"크르르!"

"쿼엉!"

"으악! 시바! 살려줘!"

끝없이 쫓아오는 몬스터들!

그 선두엔 수달이 서 있었다.

"아니, 내가 뭘 그렇게 잘못했어. 어? 인마! 이만하면 됐잖아!"

"꾸엉!"

몰래 포대를 훔쳐 가는 것까지는 좋았다. 무려 1시간이나 안개 위에서 바닥을 뚫어져라 보는 인내를 가져야 했지만 그깟 시간쯤 무지개 광석이라는 처음 보는 노다지를 얻는 데 투자한다 생각하면 기꺼이 견뎌낼 수 있었으니까.

포대에 도착해 들키긴 했지만 무사히 도망쳤고 그날 너무 기뻐 스페셜리스트에게 무려 1시간이나 매미를 공짜로 해 줬다.

하지만 기쁨은 그날뿐이었다.

다음 날 콧바람을 불며 돌아다니는 그에게 들이닥친 몬스터들. 위치를 어떻게 찾았는지에 대한 의문을 품을 틈도 없이 죽일 듯 덮쳐 든다.

다행히 스페셜리스트와 함께여서 물리치긴 했지만 그 뒤로도 시도 때도 없이 마치 너만은 죽이고 내가 죽겠다는 의지로 뛰어드는 몬스터들 때문에 스페셜리스트와도 헤어졌다.

아니, 헤어졌기보단 떨쳐 냈지. 혹시 나눠 뛰면 저쪽으로 붙지 않을까 싶어서.

그게 오해라는 건 수달을 보고 알아챘다.

뒤늦은 자각, 그리고 며칠간 이어지는 레이스.

죽진 않았다. 다만 잠을 자지 못했을 뿐이지.

"헉, 헉. 슈바. 출구가 어디야."

지도를 펼치고 도망갈 틈도 없다. 그때처럼 광석을 처먹고 뛰는 수달의 속도는 전력으로 도망쳐야 겨우 잡히지 않는 수준이었으니까.

그나마 빼액이를 타고 날아올라 휴식을 취하지 않았다면 지금쯤 판타스틱 월드에서 숨을 쉬고 있지도 못했을 것이다.

그마저도 이제 불가능해질 때가 오고 있었고.

"빼애액."

잠!

생명체에겐 꼭 필요한 활동.

골드 드래곤이라고 피해갈 순 없었다.

바닥난 체력.

이대론 죽는다.

"후아, 후아. 시발."

대체 왜 이런 상황이 온 것일까.

당연히 쫓기는 며칠간 곰곰이 생각도 해봤고 실험도 해봤다.

그를 통해 도출한 결론은 하나다.

광석!

마법 주머니에 넣었음에도 저 수달 놈은 귀신같이 냄새를 맡고 쫓아온다. 다행히 마법 주머니 속에 있어 광석을 제 맘

대로 빼가지는 못하는 것 같지만.

'포기해야 하나.'

반대로 광석만 없으면 이 지루한 추격전이 끝난다는 것이다.

그게 싫어 며칠을 개고생한 한시민이 흔들리기 시작했다.

하나 쉽게 무릎 꿇지는 않았다.

"이대론 못 살겠다! 내 광석 못 버려!"

그래, 차라리 싸우자! 이걸 어떻게 구한 광석인데!

여기서 포기하면 지도에 표기된 다른 광산들의 광석들도 포기해야 한다.

지금과 같은 고난과 역경, 외세의 압력이 지속될 테니!

이걸 넘지 못한 주제에 어찌 그것들을 탐하겠는가!

망치를 든 한시민이 역으로 달려들었다.

"이 수달 새끼, 오늘 너 죽고 나 죽자!"

분노가 담긴 망치가 수달의 머리를 후려쳤다.

물론 그 전에 광석이 들린 손이 그걸 막고 반대쪽 손이 한시민의 옆구리를 쳤다.

퍽—

[치명상을 입었습니다!]

[상태 이상(경직)에 걸렸습니다.]

다른 유저들에게 보여주기만 했던 홀로그램이 한시민에게 찾아왔다.

날아가는 몸! 깔끔하게 치료되는 분노!

"삐액아, 변신해! 작전 변경이다."

싸우겠다는 마음이 사라졌다. 광석에 대한 미련도 한 방에 깔끔히 지워졌다.

마지막 힘을 쥐어짜 내 날아오른 삐액이가 한시민이 가리키는 곳으로 날아갔다. 유저들이 자리 잡고 사냥하는 명당들이 위치한 방향이었다.

4

사냥하는 유저들에게 안개 상인이 다가왔다.

다급하게.

"엥? 안개 상인?"

"지금 웬일이지? 몬스터들 있는데 오는 건 처음 보네."

"키에에!"

평소와 다른 뜬금없는 등장에 왠지 다급해 보인다.

그리고 안개 상인이 품에서 무언가를 꺼내더니 다짜고짜 그들에게 건네려 했다.

"뭐, 뭐야?"

"아씨, 사냥 중인데. 뭐지?"

"케에엑!"

하지만 눈치 없이 끼어든 몬스터들이 불청객에게 상당한 불만을 표출했다.

그 불만은 다급한 안개 상인에겐 불쾌감을 줬다.

"꺼져."

퍽―

"깨갱!"

한 방에 튕겨져 나가는 몬스터!

유저들의 눈이 반짝였다.

역시 안개 상인은 강한 것인가.

또 하나의 정보를 얻었다는 즐거움을 만끽하기도 전에 안개 상인이 입을 열었다.

"그대들은 충분한 자격이 있군. 선물을 주겠다."

그리고 내민 무언가를 건넸다.

무지갯빛 광석!

한두 개도 아니고 무려 10개.

뭔지는 몰라도 비싸 보이는 건 유저들의 눈에도 매한가지다.

"헉, 이걸 준다고요? 얼마에요?"

"공짜."

"허억! 왜요?"

"그대들이 평소 나와 거래를 자주 했으니 그에 맞는 대가를 주는 것."

"……저흰 오늘 처음 여기 왔는데요?"

"……."

안개 상인의 손이 멈칫했다. 하지만 변하는 건 없었다.

"그럼."

억지로 떠넘기듯 넘기며 자리를 피하는 안개 상인!

남은 유저들은 얼떨떨한 상황에 고개를 갸웃한다.

"뭐야?"

"그러게."

"저 상인 원래 돈 무지하게 밝힌다고 하지 않았나?"

"카더라였나? 무지개 광석? 뭐 하는 데 쓰는 거지?"

"그냥 봐도 비싸 보이는데."

"커뮤니티에 올려볼까?"

"그러자."

어쨌든 손해 본 상황은 아니라는 판단이 내려졌다.

안개 상인이 갑자기 나타나서 몬스터도 대신 잡아줬고 그 사체를 가져가지도 않았으며 수상하긴 하지만 공짜로 처음 보는 예쁜 광석을 10개나 주고 떠났으니까.

개당 100원씩만 팔아도 공짜로 1,000원을 버는 셈!

안개 상인에게 받았다는 것에 의의를 두었다.

커뮤니티에선 안개 상인에게 다른 말이나 퀘스트를 받아보 겠다고 몇백 골드씩 우습게 쓰는 글들을 봐왔기에 더더욱 그 랬다.

뿌듯한 표정으로 그 자리에서 글을 작성하기 시작했다.

인증샷도 찍고 장문의 자랑글을 한참 동안 작성하고 난 뒤.

"꾸어엉?"

그들에게 두 번째 선물이 도착했다.

포기할 땐 뒤도 보지 말고 포기하라!

오랜 시간 버티다 포기하는 만큼 확실하게 해야 한다. 어쨌 든 목숨을 구하고자 광석을 버린 것이나 다름없으니까.

해서 한시민은 보다 확실하게 살기 위해 머리를 굴렸다.

'다 함께 사는 아름다운 세상.'

그것이야말로 판타스틱 월드의 모토가 아닌가!

베타고가 내건 적도 없는 모토를 제멋대로 만들어내며 광 석을 뿌려대기 시작했다.

나눔 할 유저들은 굳이 어렵게 찾아다니지 않아도 충분했 다. 이미 미지의 산맥에는 꿀사냥터라고 소문난 곳이 즐비한 곳이었기에.

다니다 보면 몬스터보다 유저가 더 많은 지역. 제대로 먹혔는지 수달 놈의 추격이 조금 느려진 느낌이 들었다.

"후."

숨을 돌릴 여유가 생기자 또 슬그머니 어떻게 조금이나마 가져갈 수 있지 않을까 하는 생각이 고개를 들려고 했지만 고개를 저었다.

며칠 쫓겨본 결과 미지의 산맥을 빠져나가 도망친다고 해도 대륙 반대편까지 쫓아올 놈이다.

어째서인지는 아직 모른다.

대충 광산지기쯤 되는 놈이구나 추측은 하지만 뭐가 중요하겠는가. 괜히 돈 좀 벌려고 여기저기 쑤셔대다가 제대로 뎄다는 게 문제지.

'수달 그놈 좀 어떻게 처리할 수 있는 유저가 있으려나.'

사실 광석을 대충 아무 데나 버리지 않고 유저들에게 뿌린 결정적인 이유는 이거다.

안전을 확보함과 동시에 일말의 가능성을 포기하지 않는 것.

그가 처리하지 못하는데 유저들이 할 수 있으리란 생각은 쉽게 들지 않았음에도 원래 세상일은 모르는 법이니까.

한번 설계해 보기로 하고 열심히 움직였다.

'여기서 적당히 메인 퀘스트에 관련된 네임드 혹은 보스일 가능성이 높다고 언플 좀 하면 알아서 레이드 꾸리겠지.'

세상에서 제일 쉬운 게 카더라 통신을 만들어내는 것이다.

증거를 댈 필요도 없고 논리적으로 설명할 필요도 없다.

그냥 사람들이 믿고 싶은 내용을 적절히 가져다가 슬쩍 '그렇다던데?'라고 하면 끝이다.

앞뒤가 전혀 맞지 않아도 속는 사람들이 즐비한 세상에 그럴듯한 모양새까지 갖추었지 않은가.

광석을 먹으면 강해지는 몬스터.

몬스터를 이끌고 다니는 대장급.

'진짜 보스인가?'

네임드라고 보기엔 다른 종족의 몬스터들까지 제 수하 부리듯 데리고 다닌다.

대충 지어낸 이야기였지만 순간 의심이 들었다.

"모르겠다."

뭐가 됐든 죽으면 고마운 거다. 다른 광산이 표기된 지도는 한시민이 들고 있으니.

불똥은 미지의 산맥 전역으로 퍼져 나갔다.

보이는 유저마다 광석을 뿌려댔으니 당연한 이야기!

아무것도 모르는 제삼자의 입장에선 미지의 산맥 히든

NPC가 주는 아이템이니 일단 받았지만 수달의 입장에선 미지의 산맥에 침입한 인간들이 모두 한통속이라는 걸 확신하는 증표나 다름없었으니!

"꾸어어엉!"

몬스터들이 뭉쳤다.

산맥의 주인 명령인데 어쩌겠나.

안개가 올라갔을 때든 내려왔을 때든 수달을 중심으로 광석을 들고 있는 유저라면 몬스터들의 대규모 습격을 받아야 했다.

당연히 그걸 막을 수 있는 유저는 없었다.

소수의 몬스터야 늘 그래 왔듯 사냥하면 그만이지만 수달을 중심으로 뭉친 무리는 웬만한 영지를 밀어버려도 될 만큼 거대했다.

자연스럽게 산맥의 유저들이 로그아웃당했다.

커뮤니티엔 인증글들이 뒤를 이었다.

안개 상인에게 무언가를 받았다는 글 바로 다음 올라온 게 대부분!

유저들은 손쉽게 추리할 수 있었다.

-비밀 상인이 주고 간 광석과 대규모 몬스터들의 습격. 이거 관련 있는 거 아님?

─무작위 유저들에게 뿌린다고 하던데. 메인 퀘스트와 연관 있는 거 맞나?

─지금 켄지 길드에서 꽤 많은 단서 받았다고 하지 않음? 뭐 나온 거 없나?

─방송 보고 있는데 아직 켄지 길드한텐 안 옴.

─그런데 이거 어떻게 되는 거? 계속 사냥할 수 있나.

─광석 버려야 하는 거 아님? 되살아나도 만약 광석이 몬스터들 습격받는 매개체라면?

댓글 사이 슬그머니 올라오는 악마의 손길.

─저도 당했는데 그 수달처럼 생긴 놈이 네임드 아니면 보스 몬스터일 가능성이 높다고 함. 저희 파티가 전투력 좀 돼서 둘러싸이기 전에 수달처럼 생긴 놈 한 번 쳐보자 하고 달려들었는데 조금 당하나 싶더니 갑자기 손에 들린 광석을 먹고 더 세지는 거 있죠? 말도 안 되는 능력인 거 같음.

미끼를 던지자 알아서들 낚였다.

─어? 광석 먹는 거 나도 본 거 같음.

─나도. 죽기 전에 뭐 처먹기에 봤더니 돌덩이던데. 그게 광석이

었음?

　－걘 그걸 왜 먹는 거임?

　－진짜 그거 먹고 강해지는 거면 대박인데.

　－헐, 소름. 그럼 광석 들고 있는 사람들 쫓는 이유가 그거?

　－안개 상인 정체는 대체 뭐지. 그럼 그 수달 놈이 차지하려는 광석을 미리 빼돌려서 유저들에게 주는 건가?

　－왜?

　카더라의 무서움.

　뒷이야기 역시 전부 카더라다.

　그리고 그건 가장 아름답고 소름이 돋는 결과로 돌아온다.

　－메인 퀘스트 마지막 챕터 아님? 왜 유저들에게 광석을 떠넘길까? 주먹 한 방으로 몬스터를 때려잡는 NPC가?

　－……대박.

　－보스 몬스터를 잡아라.

　－메인 퀘스트 마지막 챕터의 끝!

　누구든 키보드 앞에선 게임 시나리오 작가가 된다.

　유저들이 열광했다. 미지의 산맥에 갈 능력이 안 되는, 레벨이 부족한 유저들도 환호했다.

판타스틱 월드의 메인 퀘스트는 그저 눈으로 좇는 것만으로도 흥미롭다.

아직까지 밝혀진 그 어떠한 것도 없는 초반 부분이지만 현실감 넘치는 게임만의 매력.

유저들이 어떤 식으로 풀어 나가느냐에 따라 퀘스트의 흐름도 변한다.

-그런데 산맥에 있는 유저 대부분은 아직 메인 퀘스트 2막 마지막 챕터에 도전할 자격이 안 되는 사람들 아님?

-그러게. 내가 알기론 스페셜리스트하고 켄지 길드, 그 외 몇몇만 이제 자격을 딴 거로 아는데.

그 와중에 논리적이고 합리적인 의심을 하는 사람들도 있었지만.

-판타스틱 월드니까 가능할 수도. 순서가 뭐가 중요하겠음. 어쨌든 세상을 구하는 마지막 사람이 영웅이 되는 거지.

-와, 리얼 갓-겜이네.

사람들은 믿고 싶은 것만 믿고 보고 싶은 것만 본다.

그리고 종점이 화려하게 찍혔다.

-켄지 길드 마스터 켄지입니다. 현 시간부로 안개 상인에게 대량의 무지개 광석을 받았고 산맥의 안개의 근원인 최종 보스를 잡아달라는 퀘스트를 받았습니다. 그렇기에 다시 한번 원정대를 꾸리고자 합니다.

배신자의 등장!

-지난번 불미스러운 일에 대한 건 고개 숙여 사과드립니다. 하지만 그 당시엔 산맥에 대한 어떠한 정보도 없었고 그럴 수밖에 없는 상황이었지만 지금은 다릅니다. 산맥에 적응한 노련한 유저들을 모십니다. 메인 퀘스트를 깨고 보상을 나누실 유저들은 망설이지 않고 연락 주시기 바랍니다.

뻔뻔한 내용!

당연히 욕이 잔뜩 달렸지만 원정대는 순조롭게 꾸려졌다. 그때와는 다르기 때문.

대부분의 유저는 상위권 유저다.

계약서도 원한다면 현실에서 등기로 받을 수 있었고 켄지 길드가 뒤통수를 후려친다고 한들 나머지 유저들이 다시 힘을 합치면 오히려 역풍을 맞을 만큼의 원정대가 꾸려졌다.

원정대의 대전제는 두 개였다.

수달의 처리와 함께 얻을 메인 퀘스트 보상!

점점 올라가는 산맥의 난이도를 저지하고 더 오랜 시간 꿀을 빨자!

한발 물러나 꾸리는 원정대에 몬스터 떼거지에게 처참히 죽임당했던 유저들도 합세하며 숫자는 더욱 늘어났다.

동시에 전진했다.

세기의 레이드!

켄지 길드의 방송 시청 인원이 치솟았다.

처음이다.

유저와 몬스터의 대규모 전쟁!

그것도 토끼나 늑대와 같은 게 아니라 안개가 자욱한 그들의 진형에서 진행되는 불리한 원정!

기대되고 흥미진진할 수밖에.

그 어떤 CG를 잘 넣은 영화보다 스펙타클 할 것이다.

마법이 날아다니고 검과 방패가 피 튀기며 휘둘러지는 전장!

실제로도 박진감 넘쳤다. 그저 대치하는 상황만으로도.

"와, 죽이네. 영화야, 영화."

한시민도 그걸 보고 있었다. 옆에는 스페셜리스트가 있었다.

"허, 진짜 이게 보물 지도였다니."

"보물 지도는 아니지. 엄밀히 말하면 메인 퀘스트 깨기 위한 단서인데."

"……그래도 이게 광산일 줄 누가 알았겠어? 시민 오빠 같은 독종 아니고서야 메인 퀘스트부터 깰 생각하지."

"자자, 잡담할 시간 없어요. 빨리빨리 전쟁 끝나기 전에 다 털고 팔아야 하니까 빨리 움직이죠."

다만 박진감은 영상보다 시민이 있는 이곳이 더 넘친다는 게 조금 달랐다.

퍼포먼스를 위해 이기고자 중얼거리는 켄지의 모습.

달려드는 양측.

지키고자 하는 자들과 얻어내고자 하는 자들의 격돌과 함께 작업이 시작됐다.

"광석에 꿀 발라놓진 않았을 테고. 신경 안 쓸 때 가져가면 모르겠지."

초심을 잃지 않은 도둑놈, 아니, 시민이 제 똥을 다른 사람들에게 전부 떠넘기고 다시 광산을 털었다.

5

영화나 드라마가 말도 안 되는 이야기를 각색하여 만든 것임을 알면서도 사람들에게 감동과 재미를 주는 이유는 하나다.

대리만족!

똑같이 반복되는 삶과 갑의 횡포에 대응하지 못하는 비참한 자신이지만 영화나 드라마에선 매일같이 생각하고 상상하던 내용들이 나오니까.

그도 아니면 현실에선 불가능한 폭력적인 내면이 마음껏 드러날 수 있기 때문일지도 모른다.

악을 벌하고 갑에게 복수한다.

그것 역시 결국 대리만족이다.

그런 의미에서 켄지의 방송은 흥할 수밖에 없었다.

비록 괴롭히는 갑도 없고 부당한 현실을 바꾸려는 노력이 담긴 대서사시도 아니지만. 도전하고 성취하는 메시지가 담긴 한 편의 영화니까.

어지간한 레벨에 아이템까지 갖추지 않으면 감히 발도 디딜 수 없는 최상위권 유저들의 사냥터.

메인 퀘스트가 진행되고 유저들의 방향성이 결정되는 곳!

그리고 그런 유저들을 방해하는 보스 몬스터의 등장.

얼마나 흥미진진한가!

자신들의 영역이 유저들에게 먹히지 않기 위해 지키는 자와 앞으로의 도약을 위해 약탈하려는 자.

사실상 유저들이 나쁜 놈이지만 보는 유저 입장에선 팔이 안으로 굽는다고 유저들을 응원할 수밖에 없다.

자신은 비록 현실에 치여 판타스틱 월드에서 소소한 여행이나 하면서, 혹은 가끔 스트레스나 풀면서 즐기고 있지만 그를 대신해 한 발자국 내디뎌 가며 개척해 나가는 걸 보는 게 대리만족으로 다가오기 때문.

당연히 많은 유저가 지원했고 도움을 주었으며 유저들이 밀릴 땐 현금을 쓰는 것도 마다치 않고 전쟁에 참여했다.

이기자!

앞으로 얼마나 더 남았을지 모르지만 그래도 유저들이 판타스틱 월드를 정복할 때까지는 가끔 이렇게 힘을 합하자!

전쟁의 규모는 점점 더 커졌다.

물론 유저들이 켄지의 원정대가 수달에게 처참히 밀리며 도망치는 걸 보고 도움을 주려 지원했음에도 상황이 변하진 않았다.

아무리 그래도 레벨의 차이가 있다.

원정대 유저들 중 미지의 산맥 몬스터와 일대일로 이길 수 있는 자가 과연 몇이나 될까. 기껏해야 켄지를 포함해 핵과금러 유저 수십뿐이겠지.

기마병들과 보병들의 수가 비슷할 때 전쟁이 될 리가 없다.

그렇게 원정대는 계속해서 밀려났다.

사실 전쟁의 시작과 끝이 그들이 갖고 있는 광석 때문이기에 광석을 버리면 수달을 필두로 모인 군대는 금방 해산되고 미지의 산맥은 다시 평화를 되찾게 되겠지.

하지만 영문을 모르고 그저 광석이 메인 퀘스트 보스 몬스터, 그러니까 이 전쟁을 메인 퀘스트 2막을 클리어할 마지막 시나리오쯤으로 생각하는 켄지를 비롯한 유저들이 광석을 어찌 버리겠는가.

말도 안 된다. 차라리 다 죽고 죽어 광석을 떨어뜨릴 때까지 트라이하고 말지.

의욕은 과열되었고 시간은 흘렀다.

많은 유저가 죽어 나갔고 열정이 서서히 사그라들기 시작했다.

아무런 손해 없이 트라이만 해도 클리어 가능성이 없으면 지치게 마련인데 레벨과 아이템까지 떨어뜨리는데 어떻겠는가.

다만 전쟁이 이어지는 이유는 켄지라는 변수 때문이었다.

전쟁에 무지막지한 자금을 털어 넣는 그의 기세는 진심으로 이 전쟁을 이기고자 하는 염원이 들어 있었다.

떨어져 나갈 유저들은 떨어져 나갔지만 대부분은 그 의지에 감동해 지침을 견뎌내며 싸웠다. 그냥 재미로 무언가를 막연히 바라고 게임 하는 것과 일정 수입이 들어오는 건 차원이 다르기에.

이젠 죽어도 괜찮은, 아니, 죽으면 안 되지만 죽을 만큼 열심히 싸울 만한 이유가 만들어졌다.

이 사소한 차이는 변수를 만들어냈다.

오랜 시간이 흐른 끝에.

−어라? 이상한데? 몬스터들이 조금 약해진 것 같지 않아?

−그건 모르겠고 오늘 전투가 조금 편하긴 한 거 같음.

−저희 쪽은 소규모 전투에서 아예 저희가 이겼네요.

−저희도. 원래 이 숫자로 비벼볼 전투가 아닌데. 뭐지?

아직도 부족하지만 일부 전투에서 승전보가 들려온다!

압도적인 머릿수로 밀어붙인 싸움이라지만 그렇게나마 이기는 게 어딘가!

희망이 보인다는 말에 유저들이 힘을 얻었다. 모두가 희망만을 바라보는 건 아니었지만 충분한 희소식이었다.

−이상한데? 원래는 몬스터들이 버프 받은 것처럼 강해지는 순간이 있었는데 그게 빠진 느낌임.

−ㅇㅇ 요즘 온 사람들은 모르겠지만 원래 몬스터들이 딱 이 정도였던 기 같온데. 전쟁 시작하고 버프라도 받은 줄 알았는데, 뭐지? 수달 뒈졌나?

−그럴 리가. 마나 떨어진 거 아님?

−무슨 보스 몬스터가 마나 없어서 전쟁 도중에 몬스터들 버프가 사라짐?

-그것도 메인 퀘스트 보스가?

한시민이 뇌피셜로 지껄인 소설을 믿는 유저들과 그것이 진실인 마냥 온갖 추측이 쏟아져 나왔지만 결론은 하나였다.

이길 수 있다!

그거면 충분하지 않겠는가.

어째서인지는 고민할 필요가 없다. 그런 걸 고민할 정도로 여유가 있지 않으니까.

유저들이 힘을 내며 다시 진격했다.

6

"대단하네."

방송을 보며 한시민은 감탄할 수밖에 없었다.

매일 스페셜리스트와 한시민에게 한 방씩 먹고 이젠 아예 공식 호구로 머릿속에 기억되어버렸기에 별다른 기대를 않았는데 너무나도 완벽하게 전쟁을 이끌어 나가고 있었다.

과연 길드 랭킹 1위를 노리는 헤비 유저다운 자질!

저 정도면 나중에 영지를 가졌을 때 날개를 단 듯 도약할 수 있으리라.

그건 한시민 혼자만의 생각도 아닌 듯했고.

"확실히 대단하긴 하네요. 분위기가 역전됐어요."

"그런데 몬스터들은 왜 약해진 거지?"

스페셜리스트도 감탄했다.

마차 한가득 마법 주머니를 채운 뒤 움직이는 내내 24시간 방송되는 전쟁을 본 지 벌써 1주일이 다 되어간다. 딱히 꼴 보기 좋지만은 않은 얼굴이지만 전쟁 자체는 확실히 박진감이 넘쳤다.

특히 고비를 넘듯 비슷해지기 시작한 시점에선 게임 방송은 물론 9시 뉴스에도 한 부분 차지할 정도로 화제가 됐다.

"그거야 다 내 덕이지."

그런 상황에서 한시민이 턱을 추켜세웠다. 켄지의 능력은 인정하지만 거기에 기여한 건 자신이다. 이를테면 숨은 일등공신. 그의 도움이 아니었다면 켄지는 절대 지금의 상황을 이끌지 못했을 것이다.

절대.

"오빠가 뭐 했는데?"

해서 당당하게 강예슬에게 말해줄 수 있었다.

그의 무용담을.

"우리가 턴 광산들 있지?"

"응."

"그게 사실 수달 놈이 만들어 놓은 거거든. 왜 만들었는지는 잘 모르겠지만 어쨌든 중요한 건 그놈이 광석을 먹으면 강해진다는 거지. 몬스터들 모으고 갑자기 걔들이 강해진 것도 뭐 빼액이 버프처럼 그런 게 아닐까 싶고. 당연히 그런 상황에서 레벨도 낮은 유저들이 어떻게 이겨?"

"그런데?"

"그래서 내가 작전을 짠 거잖아. 시선을 돌리고 광산을 터는 걸로. 이제 지도에 표기된 광산에 광석은 하나도 없으니 먹을 광석도 없어졌고 자연스럽게 버프도 없고 강해지지도 않으니 이길 수 있던 거지."

"……그게 그렇게 돼?"

"당연하지. 다 설계였다."

"언니도 그렇게 보여? 내 눈엔 그냥 사리사욕을 챙기기 위해 대충 유저들한테 수달 던져 주고 그사이에 훔친 광석들이 얼떨결에 도움이 된 것 같은데."

"어허."

멍청한 줄만 알았는데…… 이런 예리한 녀석 같으니.

더 이상의 말을 봉쇄하며 광석들이 가득 담긴 마법 주머니를 사랑스러운 눈빛으로 보았다.

뭐든 상관없었다.

결론적으로 그의 행동이 도움이 됐음에도!

공을 차지할 필요성에 대해 전혀 느끼지 못했으니.

'이거만 다 팔면 전쟁 영웅이든 뭐든 우리 호갱님이 다 처먹어도 괜찮아.'

아니, 오히려 그래 준다면 감사의 인사까지 올릴 의향이 있다. 수달의 귀신같은 개코를 따돌리기 위해 켄지를 던져 놨지만 불안함은 여전했으니까.

어쩔 수 없는 도박이었다. 광석을 감지하는 능력이 얼마나 멀리까지 적용되는지 알 방법이 없으니.

가장 확실한 방법은 역시 수달을 죽이는 것뿐!

만반의 준비를 다해 광석을 팔러 가고 있지만 최선은 역시 그거다.

해서 기도했다.

'제발 광석 팔 때까지만 버텨줘.'

많은 걸 바라지도 않는 척하면서 모든 걸 바란다.

스페셜리스트와 한시민을 태운 마차가 미지의 산맥 정반대 쪽으로 쭉쭉 나아갔다.

수달은 어이가 없었다.

없다 못해 가출까지 했다.

"꿔엉?"

뭐지? 어디 갔지?

있어야 할 자리에 광산은 잘 위치하고 있었다.

감히 건방지게 미지의 산맥을 침입한 것도 모자라 광산을 털기까지 한 인간들에게 복수하기 위해 자기 살을 파먹는 심정으로 광석을 먹긴 했지만 많이 먹을 생각은 없었다.

기껏해야 두 개. 많으면 세 개?

출혈이 있어도 시간이 지나면 복구할 수 있다는 자신감이 있었다.

하지만 생각보다 격렬한 인간들의 저항에 당황했고.

그게 문제였다.

예상치 못한 공세에 잠시 신경을 못 썼다.

그러다 광산에 오니 아무것도 없다.

그제야 지난번 그와 겨뤘던 인간 하나가 떠올랐다.

"꾸어어엉!"

그놈이구나! 왠지 요즘 안 보인다 싶더니!

긴가민가했던 기분이 확신으로 다가왔다.

인간이 오크의 얼굴을 구별하기 힘들듯, 아니, 다른 나라 사람들만 해도 누가 누군지 쉽게 구분하지 못하는 만큼 수달 역시 마찬가지였다.

그저 저 속에 끼어 있겠거니 했는데.

"구어엉!"

그럼에도 현실을 부정했다.

그래도 다른 곳은 안전할 것이다. 아무리 그래도 광산의 위치를 전부 꿰고 있는 건 수달뿐이니까.

비록 전쟁이 한 달가량 진행됐다고 한들 광산을 찾기 위한 시간을 따져 보면 당한 광산은 얼마 되지 않으리라!

"……."

그게 그만의 희망 사항이라는 건 수달도 잘 알고 있었다.

그에겐 광석을 느낄 수 있는 능력이 있다.

미지의 산맥, 안개가 적용되는 범위 한정이지만 그것만으로 충분했다.

일생을 쌓아온 모래성이 무너진 것도 아니고 파도에 아예 증발해 버렸다는 걸 인정하기엔.

하나도 없다. 정말 아무것도 없다.

혹시나 자기 본능이 무뎌진 건 아닐까 직접 다 방문해 봤지만 달라지는 것은 없었고.

"끄우어엉!"

분노의 메아리가 산맥을 울렸다.

전쟁에서 지는 것보다 광산이 다 털린 게 가장 큰 충격!

더 이상 버프고 자체 스탯이고 올릴 수 없다는 문제는 조만간 인간들에게 전쟁에서 질 수도 있겠다는 결과로 이어졌지만 그에 대한 걱정은 조금도 없었다.

그저 복수하겠다는 일념뿐!

수달이 결연한 눈빛으로 광산들의 중앙, 지도에 해골로 표시되어 있던 장소로 향했다.

그리고 승승장구를 이어가던 유저들에게 얼마 뒤 재앙이 닥쳤다.

[안개의 저주가 발동합니다.]

[모든 능력치가 10% 감소합니다.]

[안개의 저주에 중독되었습니다. 범위에서 벗어나지 않을 시 체력이 지속적으로 감소됩니다.]

끝없이 내려앉는 안개.

두 배는 강해진 몬스터들.

한시민의 설계가 빛을 발했다.

to be continued